完璧令嬢の優雅な破談

松村亜紀

ビーズログ文庫

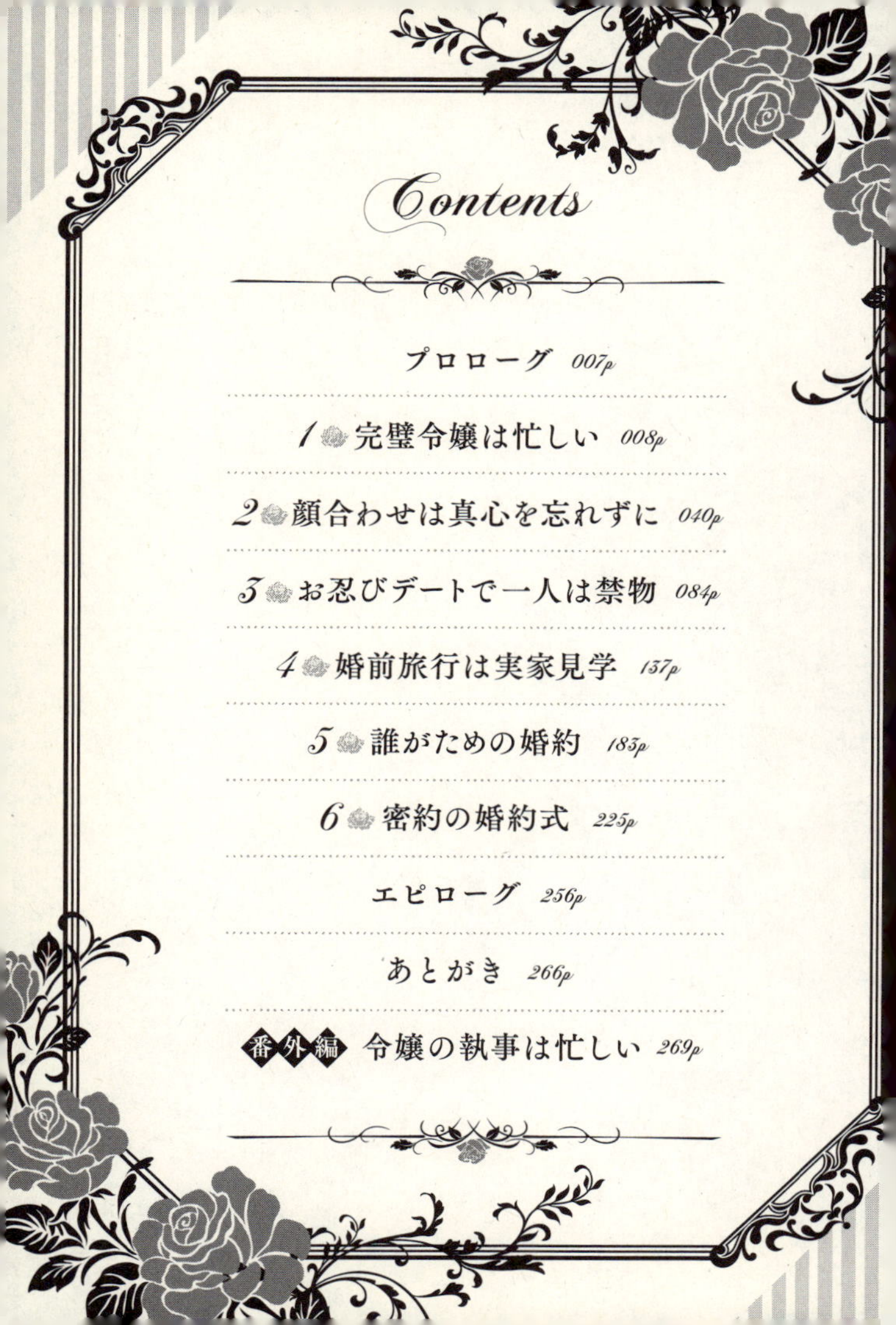

Contents

完璧令嬢の優雅な破談
ヒース・エドヴァルド
リーシャの父に仕える執事。常に冷静で有能。
リーシャロッテ・リーヴェン
容姿、教養、礼儀を兼ね備えた"完璧令嬢"。幼馴染みのヒースに絶賛片想い中!

Character
人物紹介
ライカ
リーシャの
専属メイドで、
よき相談相手。
オラルド・
ベネッシュ
ベネッシュ公爵家
次男。明るい
好青年。
フィリップ・
ベネッシュ
ベネッシュ
公爵家長男で
跡継ぎ。

イラスト／椎名咲月

プロローグ

prologue

「それなら、俺がお嬢さまのそばにずっといますよ」

ちょっと言いすぎたかもしれない——と、彼は口にしてから思った。

けれど、これも使用人仕事の一環だ。自分に居場所を与えてくれた、あの人のための。

せがまれて抱き上げると、金糸のような少女の髪がふんわりと顔にかかる。先ほどまで薔薇の下にいたからか、鼻孔をくすぐる甘くて優しい香りがした。

「……二人のときは、リーシャって呼んでもいいよ」

屈託のない信頼は時に罪だと、幼い彼女はまだ知らないらしい。

仕事のためという自分への言い訳は、彼女の言葉であっさりと砕けていた。

——きっと、俺は彼女に苦労させられる。


胸の奥底で、そんな予感が過ったのは絶対に秘密だ。

そして、案外悪くないと思ったのも。

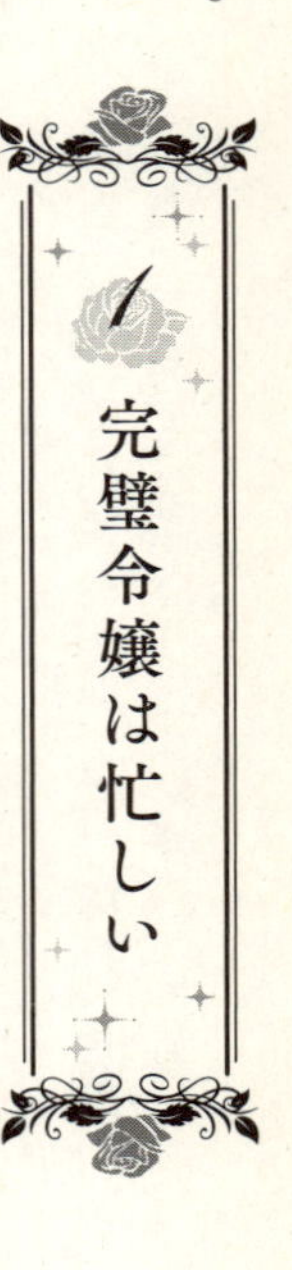

1 完璧令嬢は忙しい

「リーシャロッテ様。我が家の庭園は気に入っていただけました？」

「ええ、とっても」

春らしく澄みきった空からは、花の色を輝かせるかのように陽光が降り注いでいる。薔薇の蕾に手を伸ばそうとしていた公爵令嬢リーシャロッテ・リーヴェンは、背後からかかった声に顔を上げた。

三層のフリルをあしらった真っ白な日傘を、上品に傾けながら振り返る。腰まである金糸と見紛う繊細な髪が、ふわりとなびいた。

エメラルドのように澄んだ緑色の瞳を細めて、十六歳のリーシャロッテ——リーシャは柔らかく微笑む。今日のお茶会の主催者である子爵令嬢が、かすかに頬を赤らめると、体の前で、もじもじと手を組み替えた。

「よかった。人をお呼びするのは初めてで、緊張していましたの」

「楽しませていただいておりますわ。あそこに蕾をつけているのは、新種のものでしょう？」

「おわかりになります!?」

「咲(さ)いたら、ぜひ拝見させていただきたいわ。それに……あら？」

リーシャはかすかに首を傾(かし)げると、右手奥(おく)に配された一角へ近づく。ゆったりと屈(かが)み込(こ)むと、シルクの手袋(てぶくろ)を外して葉に触(ふ)れた。

「こちらの薔薇は、少し元気がありませんね」

「え!?」

主催者の令嬢は、血相を変えてリーシャの前にある薔薇へと駆(か)け寄(よ)る。確かに、他のものに比べて葉に力がない。開花の時期を控(ひか)えているのに、蕾も見当たらなかった。

「もしかして、何か病気に？　どうしましょう」

「大丈夫(だいじょうぶ)ですわ。芽かきとブラインドの処理をしてあげて、少し肥料を足せば、すぐ元気に蕾をつけると思います」

「ああ、よかった！　危(あや)うく枯(か)らせてしまうかと思いましたわ」

「わたくしも、屋敷(やしき)の薔薇園を手入れしていますの。大したことはできませんけれど、何かお困りのことがあったら、いつでもお声がけくださいね」

「よろしいんですか!?　最近、母に任されたばかりで……助かります！」

「お嬢様(じょうさま)」

庭園の入り口から、お仕着せの制服を着た若い男が小走りにやってくる。その意味を悟(さと)って、リーシャはどきりと胸を鳴らした。

今日――いや昨日の夜から、ずっとこの時を待っていた。

呼ばれた令嬢が、不満そうに使用人の男へと向き直る。

「何かしら？　今、ちょうどお話が盛り上がっていたところなのに……」

「申し訳ありません。リーシャロッテ様の馬車がお迎えにいらしておりまして――」

「まあ！　もうそんな時間なのですね。申し訳ないのですけれど、お先に失礼させていただきますわ」

さも今気づいた、と驚いた声を上げながら、リーシャは庭を見て回っている令嬢たちに会釈した。

「残念ですわ。今、午後のお茶を準備させていたのですけれど……」

「ありがとうございます。でも、宮殿から戻ってくる父の出迎えの準備をしなければなりませんから」

「あ……申し訳ありません」

リーシャの母が亡くなっている事実を思い出して、令嬢が深々と頭を下げる。リーシャは、笑顔のまま「気になさらないでください」と首を振った。

「それではごきげんよう。皆様、またお会いしましょうね」

リーシャは、軽く腰をかがめて丁寧にお辞儀をすると、ドレスの裾を品良くなびかせる。

使用人の先導で、屋敷の出口へ向かって歩み始めた。

背筋を凛と伸ばして歩む姿はたおやかで、見送った令嬢たちは思わずため息を漏らした。

「もっとお話ししたかったわ。ほら、ご親戚の演奏会で歌声を披露したら、本職の歌手と間違われて問い合わせが山のように入ったっていう噂！　詳しくお聞きしたかったのに」

「わたくしだって、リーシャロッテ様にダンスの秘訣を教えていただきたかったわ」

「いつも陛下からお言葉を賜っていらっしゃるものね」

後ろ姿を見送りながら、令嬢の一人がぽつりと呟いた。

「でも、リーシャロッテ様も大変ですわね。お母様が亡くなられてからずっと、リーヴェン公爵を支えていらっしゃって。とても真似できませんわ」

「リーシャロッテ様は、皆が認める「完璧令嬢」ですものねえ。憧れてしまうわ」

「でも、お忙しいからか浮いた話は聞いたことがありませんわね。リーシャロッテ様はどんな殿方がお好きなのかしら」

「そういえば、お聞きしたことがありませんわねえ」

「……きっと、どこかの王子か、最高の紳士なのではなくて？」

お茶会主催者の令嬢が結論づけると同時に、リーシャの姿は屋敷の陰へと消えた。

一刻も早く。ああ、本当は走り出したいくらいなのに！
先導の従者との距離を保って、リーシャは精一杯ゆっくりと歩みを進める。ここで、余

裕なく急ぐような素振りを見せるわけにはいかない。

それでは、完璧令嬢の名に傷が付いてしまう。

ああっ、でも。

気が急いて、こつんとヒールの踵が鳴る。小さく息を呑むのと、前を行く年若い使用人がリーシャをちらりと振り返るのは、ほぼ同時だった。

探るような視線と、一瞬目が合う。

リーシャは迫力を込めて、艶やかに微笑みかける。すると青年は、さっと頬に朱を走らせて、足を速めた。この様子なら、さっき聞いた靴音は忘れてくれるだろう。

屋敷を抜けて出入り口のアプローチを下りると、黒塗りの馬車が見えてくる。

曇りなく磨き上げられた車体。窓は金色の繊細な蔦模様で縁取られ、中に覗く深紅のベルベットのカーテンを引き立てている。後ろには、薔薇をモチーフにしたリーヴェン家の紋章が入っている。リーシャ専用の馬車だ。

その手前には、首元まであるドレスをかっちりと着込んだ、褐色の肌のメイドが立っていた。

「お嬢様によろしくお伝えくださいませ。それでは」

リーシャは、案内をしてくれた使用人に駄目押しの笑みを贈って、馬車へ乗り込む。

後ろからメイドが乗り込んでドアを閉めると、ガラガラと鈍い振動を立てながら、馬車が石畳の上を走り始めた。

屋敷の門を出た瞬間、リーシャは向かいに座った専属メイドに静かに問いかけた。

「ライカ。例のものは？」

「滞りなく手配してまいりました」

ライカが、脇に用意していた木製のケースを開ける間に、リーシャは手早く両側のカーテンを閉める――本当ならば、目の前のメイドにやらせるようなことなのだけれど。

「こちらです、お嬢様」

カーテンの隙間からかすかに漏れ入る光の中、ライカから差し出されたものに視線が吸い寄せられる。

感極まったように扇を握り締めながら、それを見下ろした。

「これが……これがっ……」

ごくりと喉を鳴らして、震える手を伸ばす。

突然、リーシャは意を決したようにライカの手からそれを素早く掴み取った。

茶色い革の装丁。曲線で優美な意匠が施された、それ。

「これがっ……わたくしが待ち望んでいた新刊なのねっ!!」

馬車の中で上がったリーシャの叫び声は、幸い、外へと漏れる前に車輪の音にかき消された。

恋愛小説らしく装飾の凝った本を、陶然とした表情を浮かべて抱きしめたかと思うと、リーシャは落ち着きなく本を捲り始める。

並んだ文字を目で追いながら、その上品な唇を――小刻みに歪めた。

「ふふ、ふふっふっ」

「リーシャロッテ様、変な声出てますよ、変な声」

「だってライカ！　これが落ち着いていられて!?」

リーシャは本を胸に抱えたまま、ライカに詰め寄る。その瞳は、薔薇を眺めていた時の何倍も煌いていた。

「前の巻ではとてもいいところで終わっていたのよ。最後の最後で、ヒロインの伯爵令嬢アメリアは、ライバルの男爵令嬢メルヴィに騙されてしまうの。恋人で執事でもあるルイズに裏切られたと信じて異国へと出奔してしまうのよ。遠い異国……砂漠があるような厳しいところへ。けれど、誤解に気づいたルイズが、身一つでそれを追いかけてっ。でも、アメリアに横恋慕していたジュリアン王子が彼を妨害してっ。あと一歩、あと一歩でアメリアとルイズは再会して誤解を解くはずだったのに、ジュリアンによって再び引き裂かれてしまってっ！」

「その話はもう百回くらい聞いて、耳にタコができてますよ。読んでないのに、私一から十といわず二十くらい説明できますもん……」

ややうんざりした表情のライカは、主人の前だというのに心の底から疲れきったような顔で耳を掻く。専属メイドになって二年と付き合いは長くないが、気心が知れているからこそできる芸当だ。

　本当ならば「品がないわ、ライカ」と窘めるところなのだが、リーシャは本を捲るのに忙しい。夜会でいつも注目を浴びるふっくらとした唇を半開きにして、取り憑かれたように文字を目で追っていた。

　馬車は一定の速度を保ったまま、欠けなく整備された石畳の上を駆け抜けていく。カーテンの隙間から現在地を確認していたライカが、「あと少しでお屋敷ですね」と呟いた。けれど、リーシャが本から目を上げることはない。

　物語は、ちょうど盛り上がりのシーンに差しかかっていた。

　数多の妨害を乗り越えて、ヒーローがついにヒロインの元に辿り着く。遠い異国まで自分を追いかけてきてくれたことに胸を震わせながら、ヒロインはヒーローと抱擁して――。

（わたくしもこんなふうに追いかけられたいわ……あの人に）

　可憐に目を潤ませるリーシャに、ライカはこめかみを押さえた。

「お嬢様は、ほんっとうに恋愛小説が好きなんですねぇ……」

「だって素晴らしいじゃない。二人の行く末にどきどきして、はらはらして……しかも、最後は必ず結ばれるのよ！　何があっても!!」

　はしたないのはわかっていても、つい力説してしまう。

「でもお嬢様、蔵書を預けてる伯母様の屋敷でも、すでに棚から本が溢れてるじゃないですか。そろそろ専用の離れでも、建てさせてもらった方がいいんじゃないですか？」

「そうね。今度、相談させていただこうかしら」

「冗談ですよ？」

「……わたくしも冗談よ」

離れを建てる予算の遣り繰りまでは、想像したけれど。

リーシャは、うっとりしながら本の革表紙を撫でた。

「他にもたくさん好きな作家はいるのだけれど、この方の作品はまた特別なのよね。異国が舞台の話が多くあって、情緒に溢れていて。令嬢方の間でも大流行りなのよ？」

「だったら、馬車の中で隠れ読まずに、みなさんで盛り上がればいいじゃないですか。人気作からマニアックなものまで、お嬢様の蔵書にはどんな恋愛小説も揃ってて……」

「だめよっ！」

一瞬浮かんだ想像に、リーシャは愛らしい顔をひっと引きつらせた。

「こんなっ、こんな令嬢の嗜みをはるかに超えた度合いで恋愛小説にはまっているなんて知られたら、わたくしの完璧令嬢という名に傷が付いてしまうわ！」

「でも、新刊が出る度にわたくしの正体を隠して本屋へ行くっていうのも、結構大変になってきたんですけど……」

ライカは「新刊の発売日に、偶然書店にやってきたどこかの屋敷の侍女」を演じるために首元まで留めていた胡桃ボタンを外すと、パタパタと扇で顔を仰ぐ。

専属メイドのライカは、十四歳からリーヴェン家で働いている。けれど、元々見世物小屋で働かせられていた少女だけあって、十八になった今でも堅苦しいことは嫌いだ。

「っ……そこは、がんばって。ね？　お願いっ、ライカ。他に頼める人なんていないの」

リーシャはぐっと肩を縮めながら、手を合わせて詫びるしかない。ライカは、にやっと意地悪く笑うと身を乗り出した。

「いっそのこと、ヒースさんに頼んだらどうです？」

「ひっ」

（ヒースに⁉）

予期していなかった名前が耳に聞こえて、リーシャはさあっと顔を赤らめる。

ヒース・エドヴァルド。その名前はリーシャにとって――心臓に悪い。

「あの人、よくわからない伝手とかたくさん持ってるじゃないですか。あの手この手でどうとでもやってくれるかと――」

「それはもっとダメっ！」

「はいはい、わかってますって。お嬢様がハマる話は、執事が出てくるのが多いですし。恋愛小説を読んでても、考えてるのはヒースさんのことで……」

「そっ、それ以上は言わないで！」

リーシャがライカの口を塞ごうとした瞬間、ガタンと振動しながら馬車が停まる。前につんのめったリーシャは、ライカに覆い被さるようにして馬車の壁に額を打ちつけた。

「いっ……」

「お嬢様、大丈夫ですか⁉」

「え、ええ」

取り乱したことを恥じ入りながら、リーシャは額を押さえつつ身を起こす。

狙いすましたかのように、外からドアが開いた。カーテンを閉め切っていた馬車の中に、さっと陽光が射し込んで目が眩む。

思わず、本を持ったままの左手で光を遮った。

「お帰りなさいませ、リーシャロッテお嬢様」

大声ではないのによく響く、聞き慣れた声。

そういえば、彼の声が青年らしいものになったのはいつからだろう。

瞬きをしながら外を見やる。眩しい光の向こうに、黒髪の男が立っていた。

他の使用人とは違う、あくまで私服の執事服。長身を包んだ衣装には一筋の乱れもない。

畏まりすぎず緩すぎず、艶のある黒髪を程よく流している。感情をあまり映し出さない漆黒の瞳は、穏やかに開かれていた。

（出迎えてくれるのは予想していたけど！）

それでも、わずかに動揺してしまう自分は、どうしようもなく単純だと思う。

今までに何千回も何万回も見てきたはずなのに、その端整な顔立ちに今日も見惚れてしまう。

（それは、主にわたくしが彼を好きだから……よね）

頬が赤くなっていないか不安に思いながら、リーシャはあくまで自然に視線を逸らした。

「……ただいま」

ヒース・エドヴァルド。リーヴェン公爵家の筆頭執事だ。

副宰相である父ブルーノの助手としても働くヒースは、その仕事ぶりと容姿から、貴族の間でも評判が高い。

母フランツェが亡くなった九年前、父が突然連れてきた孤児。

それがヒースだった。

ブルーノに目をかけられたヒースは、リーシャの家庭教師たちから指導を受け、今では二十一歳という若さで他家に勝るとも劣らない執事となっている。

リーシャが七歳の時からの幼なじみ。

一緒に迎えに出ていたメイドに何やら言づけてから、ヒースが手を差し出してくる。その頼りがいのある手を掴むと、手袋越しにぬくもりがかすかに伝わった。

思わずきゅっと握りたくなる。

けれど、なんとか平静を装いながら、支えられつつ馬車から降り立った。

いつものように、すぐに手が離れる――はずが。

ヒースが手を握りしめたまま、突然ぐっと腕を引く。

（なっ、なに⁉）

睫毛の一本一本が見えるくらいに顔が近づいて、手を伸ばせば抱擁できる距離になる。

さっき読んだ恋愛小説みたいに。

眉根を寄せた真剣なヒースの顔が、すぐ目の前にある。

(大人になってから、こんなに近づいたことなんてほとんど……まさかっ)

「ま、待ってヒース！　そんなわたくしまだ心の準備が」

「この怪我は、どうなさったんですか？」

「……え？」

触れるか触れないかくらいの力で、そっと、額を撫でられる。

さっき、馬車で打ちつけた——。

リーシャは、はっと額に手を当てる。けれど、もうほとんど痛みはない。腫れているような感触もなかった。

「馬車が止まる時に、ふらついてぶつけただけよ」

「念のため、医師をお呼びします。お嬢様はそれまで、お部屋でお休みください」

「大丈夫よ。大した怪我ではないわ。それに、お父様のお出迎えの準備もあるでしょう」

リーシャの反論を聞きながら、ヒースは駆けてきたメイドから濡れタオルを受け取る。

ヒースが長身を屈めながらそれを差し出すと、かすかな冷気とともに、薔薇の優しい香りがふわりと辺りに広がった。

「そちらは、私が取り仕切っておきます。ブルーノ様がお戻りの前には、お呼びしますから」

「だめよ」

（そうやって、すぐ子ども扱いするんだから）

惚れた弱み、とはいえ、いつもいいようにあしらわれるわけにはいかない。

差し出されたタオルを無視して、リーシャはヒースに鋭い視線を向けた。

「お母様がいらっしゃらない今、家を切り盛りするのはわたくしの役目。そうでしょう？」

ヒースは、微塵も表情を変えずにリーシャを見返す。それを反論なしと取って、リーシャはドレスの裾をなびかせながら、屋敷へ向かって軽やかに踏み出した。

「準備が整っているか、確認しないとね。ヒース、行きま――」

「ところでお嬢様、左手にお持ちの物は？」

突然、何を言うのかと思いながら、ざらりとした革の手触りに視線を送る。

今さっき購入したばかりの――恋愛小説の最新刊。

（ああ、しまったわ！　まだ手に持ったままだった！）

この趣味は、ヒースにだけは絶対に知られたくない。

家計を管理しているヒースにバレないように、恋愛小説を買い集めるための資金は伯母に預けた私費から出しているくらいだ。

リーシャは、馬車を降りたばかりのライカにばたばたと本を押しつけた。

「きょ、今日お伺いした子爵家のご令嬢からお借りしたの。最近流行っているもので、ぜひ読んでほしいとおっしゃるから！」

「そうですか。ご令嬢方の間で流行っているのでしたら、私も少し知っておかなければいけませんね。もしよろしければ、本の題名と著者名などを教えていただけますか？」

（そんなことを教えたら、発売日が今日だってことまで知れてしまうじゃない！）

表情も変えずに、淡々と言ってくるから余計に始末が悪い。

「そっ、それより、ヒースは早く使用人を入り口ホールに集めて！　数日ぶりのお戻りで、お父様も留守中のことがご心配でしょうから」

「ですが」

「わたくしも、お父様が戻るまで休んでおくから……！」

深く問い詰められる前にと、リーシャはヒースの手から慌ててタオルを引き取る。

どきどきと鳴る胸を押さえながら、ヒースの顔を盗み見た。

不自然だっただろうか。けれど、ヒースは無表情で「承知いたしました」と言っただけだった。

（なんとか、取り繕えたわよね……？）

ヒースは一礼をして踵を返す。仕事がまだまだあるのだろう。メイドに指示を出しながら、屋敷の奥へと歩み去っていく。

ライカが、口元を手で覆いながら囁いた。

「お嬢様、今ヒースさん……笑ってませんでした？」

「まさか」

元々、ヒースはあまり笑う方ではないけれど、最近はますますそんな姿を見かけなくなった。当然といえば当然だ。

幼なじみとはいえ、令嬢と執事。それが今の二人の関係。

それ以上でもそれ以下でもない――歯がゆいことに。

（子どもの頃は、もう少し違った気もするけど……）

「ううん。動体視力には自信、あるんですけどねー」

リーシャに従って階段を上りながら、ライカはニヤリと笑った。

「それにしても、お嬢様ってヒースさんの前では、いつもの完璧さの欠片もないですね」

「かっ、欠片もないって……もう。行くわよ、ライカ」

ライカのからかいに、リーシャはいつもの仮面を取り戻す。足早に自室へと入って、落ち着きなく姿見を覗き込んだ。

額には、よくよく見ないとわからないような赤味が、確かに差している。ごくかすかなものだから、普通の使用人ならば見逃しているだろう。

けれど、本当にヒースは――よく気がつくのだ。

ほのかに香りづけのされた清潔なタオルを、額に載せる。冷えたタオルが、怪我ではなく高揚で火照った額に気持ちいい。

彼のこういうところが、好きだ。

（でも、きっとこれだってお父様のためなのよね。わたくしが怪我をしたなんて知ったら、お父様は上を下への大騒ぎをするに決まっているもの）

リーシャは、鏡に映った自分の赤い顔に向かって、むくれてみせた。

外出用のドレスから、上品なストライプのイブニングドレスに着替えるだけで、あっという間に時間は過ぎた。真上にあった太陽が、少しずつ西へと移動して、その赤を増していく。

ずらりと使用人が並んだ広間で、リーシャは手鏡を出して最終確認をする。さっき馬車でぶつけた額の赤味は、すっかり消えていた。

馬が嘶く音がして、慌てて鏡をしまう。

すぐにヒースが開けた屋敷のドアから、父のブルーノが主人らしく堂々と入ってきた。

我が父ながら、中年とは思えないほど、容姿端麗という言葉が似合う。少年のように澄んだ青い瞳が、落ち着いた物腰との差異を極立たせ、年齢不詳の魅力を醸し出していた。

「やあ。戻ったよ、僕の愛娘」

リーシャと同じ明るい金髪を後ろに撫でつけた姿は、若さとは違う魅力がある。

ブルーノが出席する夜会は、既婚者も含めてご婦人方の出席率がいいのは有名な話だ。

控えていた使用人が一斉に頭を下げる中、リーシャは一歩前に進み出た。上着をヒースに預けたブルーノが、すぐに軽く抱擁する。

「お父様、お帰りなさいませ。泊まり込みで大層お疲れでしょう？」

「全くだよ。宮殿にも離れがあるから気楽でしょうと皆言うんだけど、とてもとても。家に帰ってリーシャの顔が見られないと、僕にはつらくてね」

「また、そんなことをおっしゃって」

副宰相であるブルーノのために王が準備した離れは、この屋敷よりは小さいが王太子のための離れとも遜色のない豪華なものだ。

自分を恋しがる父がこそばゆくて、リーシャは扇で口元を隠した。

「今回の会議は、八大公揃い踏みでしたでしょう。さぞ、大きな議題も話し合われたのでは？」

「リーシャは物好きだね。改築が完了した宮殿の大広間の話でも聞きたがると思ったんだけど」

「宮殿はその気になればいつでも見に行けますもの。それより、八大公の動向を知っておく方が、お父様の娘としては重要ですわ。お付き合いの仕方にも関わってきますから」

「心配するような政治的衝突はなかったよ。まあ、些細な小競り合いはあったけど」

ブルーノは使用人の顔を一通り確認すると、くるりとリーシャに向き直った。

「そんなことより、お前にはもっと大事な話があるんだ。そうだな、書斎で話そう」

「承知しました」

「あとヒース、お前も来なさい」

（……書斎で、しかもヒースも？）

リーシャはひっそりと眉根を寄せる。

父の書斎には、リーシャもほとんど足を踏み入れたことがない。主にブルーノが考え事をするための部屋で、中に入ることができる使用人も限られている。

しかも、家の一切を取り仕切っているヒースも一緒となると、余程重要なことなのだろう。

珍しく真剣な面持ちで父に見つめられて、リーシャは神妙に頷く。

ヒースも使用人への指示出しを中断して、ブルーノへすぐさま頷いてみせたのだった。

「悪い話ではないから、楽にしなさい」

そう言いながらも、向かいに座ったブルーノは、強い眼差しで娘に向かい合った。リーシャは緊張を静めるように、刺繍の入った布張りのソファに腰かけ直す。

ヒースはブルーノに勧められた席を固辞し、リーシャの背後に立っていた。

「リーシャロッテ。お前は今年でいくつになった？」

どうしてそんな当たり前のことを。

そう思っても、敬愛する父に口答えをする気など更々ない。居心地の悪さを感じながらも、リーシャは促されるまま答えた。

「十六ですけれど」

「もうすっかり年頃だな。それで、その……誰か好きな人はいないのかい？」

（なっ、なんで突然!?）

聞き間違い、ではない。「好きな人」と言ったはずだ。父が、自分に。

よりによってヒースの目の前で。

（もしかして、わたくしがヒースを好きなことが……いいえ、そんなはずはないわ）

お嬢様と執事以上の関係などない。そもそも邪推されるようなことなど、悲しいくらい何もないのだ。その予想は、飛躍しすぎに違いない。

リーシャは「まあ」と驚いたように口を開けた。あくまで上品に。

「どうして突然そのようなことを？」

「ほら、十六と言えば、恋の一つや二つしていてもおかしくないだろう？　本当ならばこういう話は母親の方がしやすいのだろうけど……うちにはいないからね」

寂しそうな笑みを浮かべながら、ブルーノが膝の上で両手を組み替える。

「お前は完璧令嬢などと言われて社交界で持て囃されているし、毎日のように貴族連中から手紙が届いているとも聞いている。でも、僕は伝聞じゃなく、お前の口から本心が聞きたいんだ、リーシャ」

ブルーノは低く息を吐くと、リーシャの視線を捉えた。いつもはにこにこしているけれど、政治の世界で器用に立ち回っている父だけあって、その眼光には凄みがある。

リーシャは思わず息を呑んだ。

「どうなんだい？　誰か心に決めた人はいないのかい？」

「……それは」

（それは、その人は、まさに今わたくしの背後に立っているのですけれど！）

とはいえ、真実を告げるわけにはいかない。

公爵令嬢が執事に恋をしているなど、社交界では絶好の醜聞だ。

（どこかの別宅へ謹慎させられるのも、ヒースが屋敷を出るのもいやっ。それだけは避けないと。わたくしの日々の楽しみがっ）

頭の中で、素早く完璧令嬢としての回答を弾き出す。

リーシャは広げた扇を閉じて、ブルーノに鉄壁の笑顔を向けた。

「広いお付き合いはありますけれど、お父様が見ていないところで特定の殿方と接することなどございません。わたくしには、好きな方などおりません」

ちくりと、胸が痛んだのは気にしない。

それにしても、今日の父はおかしい。今まで、こんな話などしたことがないのに。

「それで、お父様。お話はそれだけですの？」

「ああ、ええっと……実は、ここからが本題なんだ」

ブルーノは、リーシャの動揺には微塵も気づかずに、落ち着きなく足を組み替えた。

「会議の後に、ベネッシュ大公と食事を共にする機会があったんだよ。それで……彼のところには二人の息子がいてね」

それくらい、もちろんリーシャも知っている。大貴族の姻戚関係を把握しておくのは、令嬢の鉄則だ。

（貴族年鑑なら隅から隅まで覚えているわ。貴族の姻戚名前当て大会に出たら、絶対に優勝でき、……って、そういうことではなくて！）

何だろう、この不穏な流れは。

（もしかして、いえ考えすぎ……よね？　お父様!?）

「長男のフィリップは領地を継ぐが、次男オラルドの行き先は決まっていない。大公はそれに頭を痛められていてね。早く身を固めさせてしまおうとのお考えだ」

「それで？」

「それで、婿にどうかと言われて」

「つまり……？」

「つまり、婚約を決めてきたんだよ」

ブルーノの言葉の後、しんと部屋を静寂が包む。

一生に関わるような大事を言ったせいか、ブルーノがふっと息を吐いた。けれど、息を吐きたいのは――こちらの方だ。

(婚約、つまるところ結婚……やはり、それしかありませんわよねっ！)

心の中で絶叫しながら、リーシャはひくつきそうになる口の端を、なんとか笑みのままとどめた。

(確かにわたくしも十六。そろそろそんなお話の一つや二つは出るだろうと思っていましたけど、いきなり婚約!?　しかも、大公家相手だなんて)

八大公といえば、チェレイア国八大領主の一つだ。

チェレイア国は王都プラメリアを中心に、八大公が領主を務める領地に囲まれてできている。大公はそれぞれの領地を管理しているだけあって、各々が強大な権力を持っている。

(またよりによってものすごく断りにくそうなお話をっ！)

けれど、完璧令嬢としては、ここはこう言うのが正解だろう。

「まあ！　これ以上ないくらいのお話ですわね」

「だろう？　僕も、お前をしかるべき相手と結婚させたいとは思っていたけれど、こんな良いお話をいただけるなんてね」

(わたくしにとっては、全然歓迎できないお話ですけど！)

「けどね、お前の気持ちを確認しなかっただろう？　一晩経って、悪かったなと考え直したんだ」

笑みを張りつけたままのリーシャに申し訳なさそうに苦笑すると、ブルーノは壁に掛かた亡き妻の肖像画を、憂いを浮かべながら見つめた。

「僕は、フランツェとは半ば恋愛結婚だったし」

リーシャは、寡夫となった父の横顔を盗み見る。

妻を亡くした後、数多やってくる再婚話を、ブルーノが全て断ってきたのは知っている。

一人娘の教育によくない、家が乱れるなどと気遣うふりをして、自分の欲望のためにあの手この手で副宰相に見合いを押しつけようとする者たちを大勢見た。

だからこそ、リーシャは努力してきたのだ。

失意のどん底にいながらも、娘のために気丈に振る舞い、亡き妻への愛を守ろうとする父のために。

完璧な娘に――完璧な令嬢になろうと。

(断ってもいいと言うつもりなのでしょうけど、でも……)

役職上の立場としては、副宰相である父と八大公はほぼ対等。

力に差がない以上、約束を一方的に反故にするには、それなりの「理由」がなければならない。

(理由もなく婚約破棄したなんて知れ渡ったら、わたくしもお父様の評判も、がた落ちよ！　……でもっ、わたくしはヒースのことがっ！)

到底抜け道のない思考が、頭の中でぐるぐると回る。その間をすり抜けるように、父のおもねるような甘い声が聞こえた。

「どうかな、リーシャ？　この婚約を進めてしまっても大丈夫かい？」

「もちろんですわ。お父様のお望みでしたら」


「そうか……よかった！」

ブルーノが、目に見えてほっとした表情で胸を撫で下ろす。

（はっ、つい反射的に！）

間髪を容れずに、模範解答をした自分が恨めしい。

動揺を隠してぐっと笑みを深めたリーシャに、ブルーノは微笑み返した。

「お前が十にも満たない頃から婚約話はたくさんもらっていたけれど、断り続けた甲斐があったよ。これで、僕の肩の荷も下りるというものだ」

（これでは、ますます本当のことを言うに言えないのですけど!?）

タイをぐいと引っ張って緩め、破顔した姿は完全に気が抜けていて、今さら本当はなどと言える雰囲気ではない。

「ということで、これから婚約式やら結婚式やら忙しなく婚礼行事が続くからね。全てが終わるまで、ヒースにはしばらくリーシャの補佐をしてもらいたい」

「私がお嬢様のお世話を？」

ヒースの怪訝な声が書斎に響いたが、ブルーノは鷹揚に頷いた。

「筆頭執事の仕事は、半分隠居しているヴィンセントにいくらか振り分けよう。そうすれば問題ないだろう？　リーシャも、ヒースとは幼い頃からの付き合いだ。腹を割って相談しやすいだろうし」

（全っ然、相談しやすくありませんから！）

リーシャは、こわごわ背後を振り返る。ヒースは直立したまま目礼し、薄い唇を開いた。

「ブルーノ様がそうおっしゃるのでしたら」

（ということは、しばらくヒースと、いつも一緒……？）

リーシャの視線をまるで無視して、ヒースは平素と変わらぬ無表情でブルーノを見つめていた。その横顔に、つい見入ってしまいそうになる。

（まあ、その……一時的にでもヒースがわたくし付きになるのはうれしいけれど。あっ、朝も起こしてもらえたりして？　それなら明日からもう少し早起きを……いいえ、そういう問題ではなくて！）

目の前に下げられた餌に一瞬気を取られた間に、話は終わりとばかりにブルーノは席を立っていた。

天然なのだろうが、完全にしてやられた。

「それじゃあ、よしなに頼んだよ。お前に任せておけば、万事問題ない。ああ、ほっとしたらお腹すいたなあ。ヒース、食事の準備はもうできてる？」

「はい、食堂にお二人の分をご用意しております」

「そうか。じゃあ夕食にしよう、リーシャ。今日はおいしいお酒が飲めそうだ」

席を立ったブルーノが、ううんと伸びをしながらドアへと足を向ける。

それに黙って続こうとしたヒースに、リーシャは音もなく近寄った。

「……ヒース！」

ブルーノに聞こえないように声を押し殺す。ヒースは足を止めて振り返ると、尋ねるように漆黒の瞳で見下ろした。

切れ長の瞳に、切々とした顔で見上げるリーシャの姿が映り込む。

こんなふうに、誰に不審がられることもなくじっくりと彼の顔を見上げられるなんて。

今日だけで三度目だ。

けれど、今はその仔細に感じ入っている場合ではない。

「どうなさいました？　お嬢様」

「貴方、何かわたくしに言うことはないの？」

（悲しいですお嬢様とか、ひどいショックで食べ物が喉を通りそうにありませんとか！やけ酒に走ってしまいそうですとか……ほっ、他の男に奪られたくないとか!!）

二人が結ばれる道が、完全に潰えるのだ。少なからず好意を持っているなら、なにがしか反応があってしかるべきで。

（わたくしの気持ちはバレてはいないと思うけれど、何か、多少のショックくらいは、ヒースだって受けたわよね……!?）

知らず必死さのこもったリーシャの言葉に、ヒースはかすかに眉根を寄せる。一瞬の間をおいてから、声を出さずにあっと口を開いた。

「私としたことが、お嬢様のお心に気づかず申し訳ありませんでした」

ヒースが、リーシャに向かって深々と頭を下げる。

（こっ、これはもしかして、わたくしの想いに気づいて……!?）

照れているのだろうか、それともあまりの事態に動揺しているのだろうか。

期待しながら見上げたヒースの顔は、信じられないくらい普段の彼のものだった。


「ご婚約おめでとうございます、リーシャロッテ様」


（……おめでとう、ございます……!?）

リーシャはぐらりと一歩後ろに下がりかけて、なんとか踏みとどまる。ふらつく体を立て直して、無言のままヒースを追い越し、部屋を出るのがやっとだ。

階段へと向かうリーシャに、タイを外しながらブルーノが声をかけた。

「リーシャ、どこに行くんだい？」

「食事用のドレスに着替えてまいりますわ」

声だけで朗らかに返事をして、リーシャは階段をしずしずと上る。二階にある自室が、なぜだか果てもなく遠く感じた。

自室の重厚（じゅうこう）なドアを荒々（あらあら）しく開けると、メイド服に着替えたライカが晩餐（ばんさん）用のドレスを手入れしているところだった。

ブラシで布地を撫でながら器用に振り返るライカの姿を見ると、失意を訴える前に気力が抜けた。

「お嬢様、お帰りなさいませ。一体何のお話だったんですか？」

「……わたくしの、婚約の話だったわ」

「リーシャロッテ様の婚約!?　いいんですか、お嬢様!?」

（よくないわよっ……）

「ヒースさんは何て言ったんですか!?」

「……婚約、おめでとうって……」

「ひいい、何言ってんですかあの人！」

なんつー死刑宣告ですか！　と、廊下（ろうか）には聞こえない絶妙（ぜつみょう）な声量でライカが絶叫する。

リーシャは頭を抱えながら、ソファに腰を下ろした。その感想には全く同意見だ。

（やっぱり、ヒースはわたくしのことなんて、なんとも思っていないのだわ……）

それは、まあいい。いや、よくはないのだけれど、なんとかできる可能性はまだある。

今は婚約の方が問題だ。

結婚してしまえば、ヒースに告白するだとか、ヒースに好かれるだとかを全て飛ばして——絶対にヒースと結ばれることはない。

これを機に諦めるべきだろうか。そもそも、叶わない初恋なのだと。

(でも……)

リーシャは、テーブルに置いたままにしていたタオルに手を伸ばす。まだかすかに残っていた香りをかぐと、少しだけ心が落ち着いた。

「……やっぱり、破談にするわ」

「ですよね！　お嬢様には好きな人がいるんですし、早くブルーノ様に申し上げて」

「いいえ。わたくしのわがままで、正面から破談にしてお父様の顔を潰すことはできない。だから、婚約の話はこのまま進めるの」

「じゃあ、どうするんですか!?」

「婚約は、正式には一か月後の婚約式まで成立しない。だからその間に、穏便に破談にするの。お父様の名前にも、わたくしの名誉にも傷をつけないように……！」

「……わかりました！　お嬢様」

ブラシを持ったまま、ライカがどんと胸を叩いた。

「何をすればいいのかはわからないですけど、あたしもがんばります！　お嬢様のためですもんね」

「ありがとう、ライカ」

ライカに向かって頷くと、リーシャはタオルをぎゅっと握り締めた。

(わたくしの、かけがえのない恋心のために)

窓から外を覗くと、もうすっかり日は暮れて、小さな星があちこちに瞬き始めていた。
……あの消えそうな星くらい、その恋心はかなり望み薄だけれど。

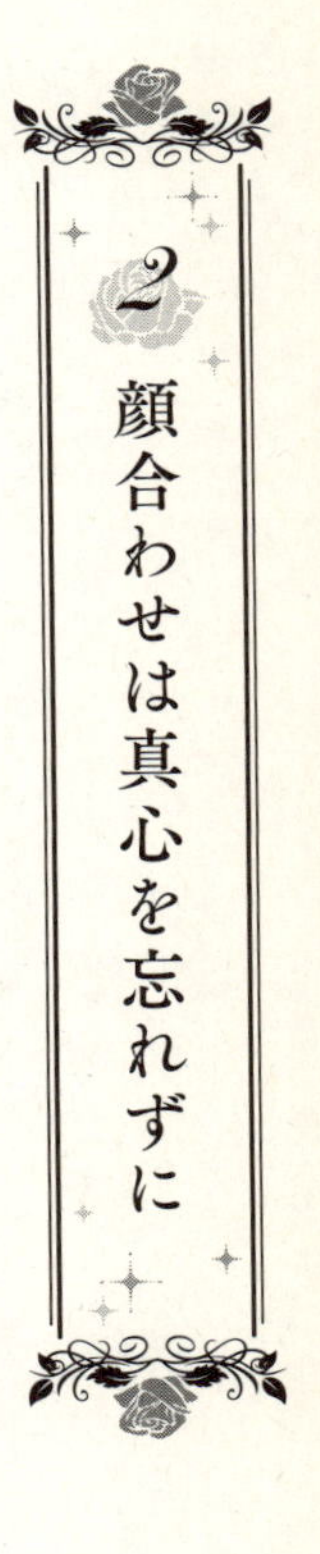

2 顔合わせは真心を忘れずに

プラメリアの春は穏やかな陽気が多いが、今日は中でも一、二の好日だ。

抜けるような快晴の中、リーシャは背筋を伸ばして、一足一足、屋敷のアプローチを進んだ。春の日差しが、寝不足の体にあまりに気持ちいい。怠惰に眠りたくなる心を、細身のドレスが引き締めてくれる。

光沢のある淡いグリーンのドレスには、刺繍の入ったレース地が重なって、上品ながら昼らしい明るいドレスに仕上がっていた。後ろの裾が長くて歩きにくい分、卒なく取り廻すと一層優雅に見える。

「綺麗だよ、リーシャ」

待ち構えていたブルーノの横で足を止めると、髪留めの水晶の飾りが揺らめいた。

「準備を任せてしまって悪かったね。少しは手伝うつもりだったんだけど」

「春は催しの多い季節ですもの。仕方ありませんわ」

申し訳なさそうに肩を落とすブルーノの背に、リーシャはそっと手を添えた。

「ご安心くださいませ、お父様。お出迎えの準備は万全です」

（この日のために、わたくしは連日徹夜までしたのだから……！）

ブルーノから婚約を告げられた翌日。リーシャは早速行動を開始した。

一言一句違わずに叩き込んである貴族の規則集を棚から引っ張り出すと、ライカのために、駒鳥のように澄んだ声で朗々と読み上げた。

『チェレイア国　貴族婚姻規則

大公から子爵までの貴族は、以下の手順をもって正式な婚姻と認める。

一、結縁

二、婚約式

三、結婚予告

四、結婚式、及び披露晩餐会

なお、ナスル、ステリア等、旧他国領地の一部については、この限りとしない。』

「えーっと、つまりこの四つが全部完了してしまうと、晴れて、いや晴れずに結婚ってことですよね？」

解説文の写しを覗き込んでいたライカが、珍しく眉間に皺を寄せながらうなった。

父に告げられた結縁の日取りは十日後。一日たりとて無駄にすることはできない。

（お父様もベネッシュ大公もお忙しくて、二人とも都合がつくのが十日後しかないなんて。全く日数が足りないわ）

けれど、文句を言ってもしょうがない。起床してから、夜会の招待状や手紙の返事をそそくさと出し終えると、リーシャはライカを捕まえて、自室で講義の真っ最中だ。

「最初の『結縁』っていうのは何ですか？」

「簡単にいうと顔合わせね。両家の親と当人が一堂に会して食事するの。基本的に、これは新婦の屋敷で行われることになっているわ。今回の場合は、もちろん我が家よ」

リーシャは流れてきた髪を耳にかけながら、〝結縁〟の二文字を睨みつけた。

「世間へ公になるのは、三の結婚予告から。婚約を国王に報告する形で公表するの。これ以降、駆け落ちとか、浮気とか——正式な手順を踏まずに婚約者たちへ干渉すると、重い責任を問われるわ」

「具体的にはどうなるんです？」

「国王を挟んだ裁判沙汰よ。それなりの賠償が必要になるわね」

ひええ、人の恋路を邪魔するヤツはってやつですね、とライカが肩をすくめた。

「じゃあ、目標は結婚予告までに破談ってことですか？」

「それでは遅いわ」

結婚予告は婚約式の後、その足で宮殿へ出向いて行われる。衣装替えすらもなしだ。そのわずかな時間で破談に持ち込むのは不可能だろう。

だから――。

「婚約式の前までに。できれば、結縁の顔合わせで破談の原因を作りたいところね」

「失礼いたします」

最後の言葉と重なるように、凛とした声が部屋に響く。

紙片から顔を上げた視界に飛び込んできたのは、主人より控えめであるための、わざと上下不揃いの執事服。感情の読めない、かすかに青みを帯びた漆黒の瞳。

「ひっ――」

とっさに息を呑む。名前を呼んだのか悲鳴を呑み込んだのか、自分でもわからない。

ヒースはわずかに顔をしかめたものの、すぐにいつもの無表情に戻って、ドアを閉めた。

執事のヒースは、ブルーノに禁じられない限り、屋敷中どこにでも入る権利を持っている。しかも、一切のノックなしに、だ。

(最近、わたくしの部屋に来ることなんてほとんどなかったから、油断していたわ)

けれど、この反応の薄さからすると、肝心な話は聞かれていないらしい。リーシャは内心胸を撫で下ろしつつ、テーブルに広げた紙片をまとめた。

「披露晩餐会までの流れを、ライカに説明していたの。これから手伝ってもらうことも増えるから」

「私もお嬢様と打ち合わせをしたいのですが、同席してもよろしいですか？」

「あ！　じゃあ、あたしは大体聞き終わったところなんで」

交代しますよ、とライカは跳びはねるような動きでソファから立ち上がる。

お茶、淹れ直してきますねーと言いながらエプロンを翻し、ドアへと反転した。ヒースの背後から、指で丸を作ってリーシャに合図すると、そそくさと部屋を出て行く。

バタンと音を立ててドアが閉まると、ヒースからの視線が余計に強く感じられた。

(これは、もしかしなくても二人っきり……!?)

急に、どくどくと耳障りに胸が鳴りだす。

「まだ午前中なのに、大丈夫なの？　使用人への指示出しは？」

ライカが座っていたソファを勧めながら様子を探る。数歩たらずでリーシャの前まで辿り着いたヒースは、そのまま静かに腰を下ろした。

「終わらせてあります。幸い、今の使用人は屋敷に勤めて長い者ばかりですし、重要なことさえ伝えれば、日常業務に問題はございません」

(せっかく二人きりなのだから、もう少し砕けた調子で話してくれてもいいのに)

「それで、お嬢様。結縁の準備のことなのですが――」

「それについては、まだ大まかにだけれど考えたわ」

頬を膨らませたいのをこらえて、リーシャは作成した概略の紙をヒースに差し出した。

「チェレイア国内の貴族の婚姻でも、地域によって細かい慣習が違うのは、知っているわよね？」

リーシャから紙を受け取りながら、ヒースは黙ったまま頷く。

東西に長い歪な楕円形をしたチェレイア国は、中心に王都のプラメリアがある。

そして、文化の集合地であり、最も栄えている王都をぐるりと囲むように、寒帯から乾燥帯まで多様な気候と風土の領地でできているのだ。

領地の中には、他国に攻め込んで併合した地域も含まれているから、文化も幅広い。気候が極端な地域へ行くほど、慣習の違いははっきりとしていく。

「プラメリアのすぐ北にあるベネッシュは、建国時からずっとチェレイアの領地だわ。でも、冬は雪の多い地方で、風習には異なるものも多い。プラメリアの様式を押しつけると気後れなさるでしょうし、装飾や料理はあちらの様式に合わせるつもりよ」

「そのお気持ちは素晴らしいと思います。ですが、お嬢様」

「何？　ヒース」

「少々気合いを入れすぎなのでは？」

ヒースの言葉に、リーシャはぐるりと自室の中を見回す。

ソファを取り囲むように配されたテーブルは、本の山、山だ。

プラメリアの貴族における婚姻マナー本はもちろんのこと、結婚相手であるオラルドの実家、ベネッシュに関する文献を筆頭に古今東西の結婚に関する本がかき集められていた。

屋敷の蔵書に加え、繋がりのある書店に、午前中に運び込んでもらったものだ。

「お嬢様が何でも完璧になさりたい性分なのは理解しています。だからといって」

ヒースは、山の一番上から本を取る。『ベネッシュの二百年間の婚姻史』という表紙を見て、眉根を寄せた。

「……こんなに遡って調べる必要はないでしょう」

「大公家の皆様は、伝統に則ったものをお好みかもしれないでしょう？　失礼のないように、全てを知ってからおもてなしを考えたいわ。それこそ、「完璧」に準備したいのよ」

つつがなく、結縁を終わらせるために。いや。

婚約最初の行事である顔合わせで、「つつがなく破談」に持ち込むために。

だから、様々な方面から情報を——作戦材料を集める下調べは欠かせない。

「いやに、やる気がおありですね」

ヒースは本を山に戻すと、訝しそうに眉根を寄せてリーシャの正面から目を合わせた。

「——もしや、何かよからぬことをお考えではないでしょうね？」

（思いっきり、よくないことを考えているのが、バレてる⁉）

これだから、ヒースは油断ならない。

けれど、なんとか誤魔化さなければ。破談にする思惑をブルーノに報告されては困る。

そもそもヒースに知られたら——絶対に邪魔されそうだ。

泳ぎそうになる瞳を隠すために、リーシャは目を伏せて柔らかく微笑んだ。

「ヒースったら、想像力が豊かすぎるわ。結婚に関することは、貴族にとって一大事。家の浮沈に関わる最大の関心ごとだもの。やる気があるのは当たり前でしょう？」

「ブルーノ様とお話しの時は、あまり乗り気でいらっしゃらなかったように思いましたが」

「……そう？」

（そんなふうに見えた、かしら）

ヒースの言葉に、リーシャは昨夜の記憶を探る。

父に婚約を告げられた時、自分はいつもの通り――完璧令嬢らしく応対したはずだ。

しかも、あの時ヒースは背後に立っていた。表情など確認できなかったはずなのに。

（素振りや声色に、不自然なところでもあったかしら。今度、マナーの先生をお呼びして確認しないと）

「とにかく、わたくしの人生がかかっているんですもの。ヒースも協力してちょうだい」

「人生、ね」

はっ、と吐息ともため息ともつかない音が耳につく。不思議に思って顔を上げると、ヒースは背を向けるようにドアを振り返っていた。

（今の声、ヒースよね？　聞き間違い……？）

ヒースは再びリーシャと向かい合うと、部下に手を焼く執事の顔で、眉間に皺を寄せた。

「それにしても、ライカは戻ってきませんね。どこでさぼっているのか」

「きっと朝食の後で、キッチンも忙しいのよ」

リーシャは、目が合わないように、視界の端でヒースの長身を捉える。

いつの間にか、早鐘のようだった鼓動は、とくりと軽やかなものに変わっていた。

こんなふうに、ヒースと二人きりでゆっくりと過ごすのはいつ以来だろう。少なくとも、この二、三年はなかったはずだ。

(お父様の勧めで、ヒースが他家へ一年見習いに出ていたのが三年前だから、それよりも……)

「お嬢様。私の資料も、よろしければご覧ください」

「ありがとう」

ヒースの資料を受け取る。一瞬、指が触れ合いそうになって、慌てて手を引いた。

内容に目を通すふりをしながら、筆跡に見入る。流麗で読みやすい文字は、いかにもヒースらしい。

(ああ、これがわたくしへの手紙だったら……って)

『二十歳。才色兼備、少しお調子者ではあるが温厚な性格。

特技は、外国語と乗馬。剣術も飛び抜けて優秀で、国王からお言葉を三度も賜るほど。

旅行好きで、チェレイア国内にとどまらず、隣国にまで足を伸ばし――』

そこまで読んで、リーシャはめまいを覚えながら声を上げた。

「……これは?」

「お嬢様の大切なご婚約者の素行調査書です」

（確かにそうだけれど、そんなはっきりと言わなくてもいいのに！）

無表情で返された残酷な言葉を思い出すにつけ、虚しくなる。

けれど、今はそんな憂愁は後回しだ。

今日の結縁までの九日間、本音を言えば全ての予定をキャンセルして、準備に没頭したかった。しかし、突然何の会にも出席しなくなったとあっては、それだけで噂が立ってしまう。

副宰相リーヴェン公爵家の完璧令嬢リーシャロッテの動向は、良くも悪くも常に注目を浴びている。何か変わったことがある、と悟られたくはない。

夜までは通常通り社交をこなし、深夜は破談に向けて頭を絞る毎日だった。

それも、今日で終わり。この破談計画が完遂すれば、心穏やかに安眠できるはずだ。

（必要物のリストは入念にチェックして、最後まで修正を入れたわ。わかりにくい部分は図を書いて、メイドたちに説明したし――準備は完璧なはずよ）

あと、少しだけ気にかかるのは。

リーシャは、わざとらしくない程度に踵を上げて背伸びをする。ブルーノの奥に姿勢を正して佇む姿を認めると、胸がざわついた。

来客の身分が身分だけあって、今日のヒースはいつもの執事服よりも上質なものを着ている。中に着たパールグレーのベストが華やかだ。端正で無駄のない動作、怜悧な容姿も相まって、貴族の子息と比べても遜色ない。

ヒースはその切れ長の目を鋭く細め、黙ったまま屋敷の門を見ていた。

あの日以降、ヒースは一度もリーシャの部屋に来なかった。打ち合わせは全て居間で、ライカや、他の使用人を交ぜてのものだった。

頼んだことには、もちろんすぐに応えてくれる。けれど、普段以上に素っ気なく、言葉少なだった。

ライカは「いつも、そんなもんじゃないですっけ?」と言っていたけれど。

(一緒に準備をすることになったら、少しは昔みたいに親しくしてくれるって……わたくしが期待しすぎただけかしら)

ガシャン、と重々しい金属の音がして意識を引き戻される。

門を通り抜けて、二台の馬車が敷地へと入ってくるのが見えた。石畳の上を滑る車輪の音が徐々に遅くなり、リーシャたちの前でぴたりと止まる。

(いよいよね)

失敗は許されない。完璧令嬢としても、破談作戦としても。

ドアが開く前に、リーシャはドレスの裾を持ち上げて粛々と頭を下げた。

靴音が、一つ、二つ——三つ目の男のものは、軽やかで若い。

ブルーノが挨拶を交わしてから、リーシャロッテ、と愛称でない名を呼ぶ。

髪が乱れないよう気を配りながら、リーシャは静かに面を上げた。

昼用の略式礼装に身を包んだ、口髭の初老の男性――ベネッシュ大公だ。隣では、豪奢なドレスを着たややふくよかな大公夫人が、晴れやかな笑みを浮かべている。二台目の奥の馬車から降りている初老にさしかかった男は、執事だろうか。

けれど、視線は最後に降り立った青年へと吸い寄せられた。

ベネッシュ大公と夫人の前へ悠然と進み出てくる、絵画から抜け出てきたような容姿の男。

「お久しぶりです、リーシャロッテ・リーヴェン公爵令嬢」

金縁の刺繍が入った、明るいグレーのジャケット。均整のとれた体は、程よく引き締まっていて逞しい。

リーシャは彼へ向けて、マナーの先生がお手本と太鼓判を押す鉄壁の笑顔を向けた。

「ようこそおいでくださいました、オラルド様」

オラルド・ベネッシュ。ベネッシュ大公第二子息。

すらりとした長身。金髪に、深いグレーの瞳が特徴。

華やかな容姿と優しい語り口から、社交界でも人気のある有名人で――。

「今日も、春の女神もかくやというほどお美しいですね。少しでも、私のことはご記憶にありますか？」

甘い言葉を囁きながらリーシャの右手を取ると、その指へと唇を落とす。

その動きは滑らかで洗練されていて、普通の令嬢ならそれだけで心奪われてもおかしくない。

リーシャのものよりも幾分明るい金髪が、気さくな雰囲気とよく合っている。偉丈夫らしくもどこか茶目っ気のある顔で、オラルドが微笑む。リーシャも負けじと、愛らしく首を傾けた。

「もちろんです。一昨年のオルティス大公の夏の離宮での夜会と、今年は宮殿の新賀会でお見かけしましたわ」

「よく覚えておいでですね」

「どちらの時も、ご挨拶の後すぐ立ち去られたので、何か失礼をしたのではないかと心配しておりましたの」

「とんでもない。友人に見張られていたんですよ。抜け駆けをしないようにとね」

(嘘みたいに、あの報告書に書かれていたままね……)

もちろん、そんな突っ込みはごくりと飲み込む。

「では、ご心労をかけたお詫びではありませんが、どうぞこれを」

「……え?」

「もう抜け駆けをしても問題なさそうですから」

摑まれていたままの手に、零れそうなほどの花束が添えられる。

視界の半分が、ベルベットのように滑らかな花びらで埋め尽くされる。あまりの大きさに抱えるように花束を持ち上げると、心が浮足立つような甘い花の香りに包まれた。

後続の執事に持たせていたのだろう。全く気がつかなかった。

「ありがとうございます。早速、飾らせていただきますわ」

「できれば、リーシャロッテ様のお部屋に飾っていただきたいですね。これは、貴女に差し上げたものですから」

「まあ、そんな」

（……よくそんなに口が回るわね）

自分の二面性は棚に上げて、心の中で半ば呆れ交じりのため息をつく。

オラルドの台詞は、その美貌と声音も相まって、あくまで自然な言葉に聞こえるから、ぼうっとしていると呑まれてしまいそうだ。

花束には、白や黄色の目に眩しい花々が、四、五十本はまとめられている。

街角の花壇でもよく見かけるようなチューリップから、リーヴェン家の紋章になっている薔薇まで、バランスよく取り混ぜられていた。

表情を変えずに、完成度にうなる。

（そつのない花束だわ。全て薔薇で統一すると仰々しすぎるから、あえて田舎風の花も入れてあるし）

さすが、大公の息子の名は伊達じゃないということだろう。

ブルーノがしみじみとため息を漏らしながら、花束を横から覗き込んだ。

「へえ！　洒落てるなあ。素晴らしいものをいただいたね、リーシャロッテ」

「はい、本当に」

(って、お父様ったら、素直に感心しないでください！)

「お嬢様」

いつの間にか、ヒースがそばまでやって来ていた。リーシャは、わざと残念そうに眉尻を下げながら、花束を手渡す。

「痛んでしまってはもったいないですから、すぐに活けさせますわね」

「ああ、そちらが噂のリーヴェン公爵家の執事ですか。なんでも、大層仕事が速いとか」

ベネッシュ大公の言葉に、ヒースは花束を抱えたまま腰を折り曲げた。

「ヒース・エドヴァルドと申します。お褒めにあずかり、光栄です」

「ヒースには、私もリーシャロッテも助けられてばかりです。家のことはほとんど任せているから、頭が上がりませんよ」

ブルーノは、おかしそうに肩をすくめる。けれど、満更でもない気持ちはしっかりと口元に出ていた。

執事が褒められるのは、主人が褒められるに等しい。けれど、それだけではない。ヒースを拾い、ここまで育て上げたブルーノとしては、父親にも等しい気持ちに違いない。

(お父様は、本当にヒースを可愛がっているものね……もちろん、わたくしもヒースが評価されるのはうれしいし)

うっかり、いつもの笑顔が三割増しになる。当の本人は、表情を動かさぬまま、「恐れ入りますと言って目礼しただけだったけれど。

「どこも同じようなものですな。私も、そこのウィスリーに頼りきりでね。うちの執事は公爵のところとは違って、見目麗しくはないですが」

「はあ、それは申し訳ありません」

苦笑いを浮かべながら、大公の背後に控えていたウィスリーが白髪交じりの髪を撫でつけた。黒のみのシンプルな執事服だが、長年着慣れているからかさすがに貫禄がある。

「大公、そろそろ中にお入りになっては。公爵にも段取りがおありでしょう」

「いえ、今日は全部娘に任せてあるんですよ」

ブルーノの自信に満ちた笑みに、大公夫人は感心したように頰に手を当てた。

「まあ、噂に違わないお嬢様ですわね。急なことで、ごめんなさいね。リーシャロッテさん」

「大公は、国の重職を担うお方ですから。お気になさらないでください。今日は皆様に、喜んでいただけるといいのですが」

リーシャは体の前で手を組み直し、大公夫人へお辞儀をすると、長い金髪を揺らしながら音もなく向きを変えた。

「さあ、どうぞこちらへ」

先頭を切って、屋敷の入り口へと続くアプローチを上る。後に、ぞろぞろと一団が続くのを足音で確認しながら、ゆったりと歩みを進めた。

(聞いていた通り、オラルド様の兄上であるフィリップ様は欠席なのね。もしかして、この婚約に反対しているとか？　でも、大公夫妻に直接お聞きするのは憚られるし……)

どちらにせよ、準備した作戦を堪能させる人間が一人減ったのは、少しもったいない。

そんな想いなど露ほども知らない婚約者オラルドが、横に並ぶとリーシャに囁いた。

「淡い緑のドレスが、とてもお似合いですよ」

「ありがとうございます」

今日のドレスは、ベネッシュ家の家色に合わせたもの。髪飾りの水晶も、ベネッシュ領産のものだ。

おそらく、優秀なオラルドならすでに気づいているだろう。

(睡眠不足と闘いながら、苦労して準備したこの計画。とくと味わってもらうわ！)

リーシャは、使用人に声をかけて屋敷のドアを開かせる。エントランスを抜けて、左手のドアへと向かった。

狙いすましたかのように、こちらも滑らかにドアが開く。

「どうぞお入りください」

緊張で張り詰めた胸を宥めながら、足を踏み入れる。

部屋に入った瞬間、ベネッシュ大公も大公夫人も、雷に打たれたかのようにしんとした。言葉が出てこないのか、入り口で立ち止まっている。

余裕綽々だった雰囲気のオラルドも、口を開けて固まった。

「今日のセッティングは、ベネッシュ領の春をイメージしてみました。ベネッシュを何度か訪問した時の思い出や、ベネッシュ出身の方からお聞きした話をもとに準備しております」

リーシャの解説を聞きながら、オラルドはテーブルに近づくと、天板を覆っているクロスに指を滑らせる。

「これは、もしかして――」

「ベネッシュ領でも評価の高い、フレイ地方の絹織物です。今回は、ベネッシュで春の花として有名なヒアシンスをあしらったものにいたしました」

取り揃えられた皿やカップには、ベネッシュの新緑の景色があしらわれている。クロスの柄と合わせると、まさにベネッシュの春らしくみえる。

ベネッシュの領土は広く、華やかというよりは、閑静で落ち着いたのどかな地域だ。狩猟も盛んだから、今回は自然がそのまま感じられる野趣溢れるものに仕上げた。

テーブルに、本物のヒアシンスと葉を飾りつけるのも忘れない。

「これを……リーシャロッテさんがお一人で手配なさったの？」

「使用人が、よく働いてくれましたの。さあ、お席へ」

ベネッシュの田園風景を描いた壁のタペストリーも、家財目録を確認して引っ張り出し、昨日メイドたちと一緒に飾りつけたものだ。

古式ゆかしいベネッシュ式に裏返してセッティングされたカトラリーをまじまじと見な

がら、大公は席に腰を落ち着ける。カトラリーも、一本一本、刃の部分にまで職人が模様を彫り込んだ一品――。

ここまでは、完璧だ。

完璧に設えた装飾や食器。これだけのものを見せられれば、大抵の客人なら、さらに期待が高まる。

きっと料理も素晴らしいものが供されるだろう――と。

「お嬢様、お待たせいたしました」

入り口から、メイドたちを伴ってヒースが現れる。大公の横に座った夫人が、メニューカードに伸ばしかけた手を宙で止めた。

「これは、見ないでおいた方が、楽しみが増しますわね」

大公夫人に向かって、リーシャは笑顔のままかすかに会釈する。

メイドたちが、眉間に皺を寄せながら、各々の席の前に皿をセットしていく。入り口に立ったままのヒースが、物問いたげな視線を向けてくるのを感じた。

材料の手配は、ヒースにもかなり手伝ってもらった。厨房の進捗も小まめに確認しているだろうから、料理の完成形もすでに見ているはずだ。

(ヒースが不安な顔になるのもわかるけれど、大丈夫よ。礼は失していないわ)

ただ、やるべきことをやっただけ。

誰がなんと言おうと——これは、礼儀正しいおもてなしだ。

「せっかくですから、わたくしからご説明させていただきますね」

リーシャは、軽く腰かけていた椅子から、静かに立ち上がる。優雅に見えるように、しなやかに手を上げた。

各人の横についていたメイドたちが、一斉に銀製のフードカバーを取る。

隅々まで手を入れられた煌びやかな部屋に、ふわりと——鼻につく強烈な臭いが広がった。

「っ⁉」

ベネッシュ家の面々は、とっさにナプキンで口元を押さえる。料理を見た瞬間、大公はカトラリーに伸ばしかけた手を止めた。

腐ったような、というと言いすぎだが、立った状態でも確実に感じられる臭い。くらくらと頭痛がしてきそうなくらいだ。

「さあ、どうぞ」

美貌の顔をげっとしかめたオラルドに向かって、リーシャは鉄壁の笑顔で言った。

「前菜の魚の塩漬けと燻製です。全て、ベネッシュの伝統料理に則って調理いたしました」

「伝統料理、というと……」

誰一人としてフォークに手をつけないまま、オラルドがぽつりと呟く。

「ベネッシュ産の、古くからあるハーブのみを使っていますわ」

副宰相の娘としては、各領地の特徴を勉強しておかなければならない。

完璧令嬢としての趣味も兼ねて、リーシャは常日頃から、ベネッシュをはじめ、各領地の歴史や伝統を学んでいる。

そこで、ふと思い出したのだ。

家にある古い百科事典で読んだ記述。

ベネッシュの古くからある伝統料理は――心に傷が残りそうなほど不味いということを。

(それにしても、まさかここまでひどいなんてね。わたくしも、料理の仕込みを手伝った後、三日くらいは臭いが取れなくて、辟易したわ……!)

材料を集めるのにも、かなりの手間がかかった。

不味い料理だから、誰も作りたがらない。そのせいで、材料もそうそう手に入るものではなくなってしまっている。数も少なく、かえって高価なのだ。

それを一つずつ、ベネッシュ領まで人を出して当たり、なんとかかき集めた。

おそらく、その手間はベネッシュ領の人間の方がひしひしと感じるだろう。

大公夫人が、ナプキンで額に浮かんだ汗を拭いながら、乾いた笑みを浮かべた。

「ま、まあ。そうなのですね、わざわざ……」

「皆様にお喜びいただけるのでしたら、苦ではございませんわ」

リーシャは、鼻をつまみたいのを堪えながら、気合いだけで微笑んだ。

「ただ、アレンジされたレシピは多くあったのですが、伝統に則ったものを探すのに、手間取ってしまいました」

「それは、不味――」

「オラルド！　ま、まあ。いただこうじゃないか」

まさか、ここまで来て自領の不味い料理が出てくるとは思っていなかったのだろう。オラルドをはじめ、三人ともぎこちない笑みを浮かべながら、フォークを取る。

おそるおそる魚の一片を切り取って――口に運んだ。

「――っ⁉」

三人とも、いったんフォークを置いて、ナプキンで口元を拭う。一様に、ブルーノとリーシャから表情が見えないよう、明後日の方向へ顔を向けた。

（その気持ち、よくわかるわ。わたくしも試食したけれど……甘いのか辛いのか、舌がしびれていくら水を飲んでも、しばらくは味がしないのよね）

リーシャは、申し訳ない気持ちを胸に抱きつつ、フォークを口に入れた父の様子を確認する。ブルーノは、変わらぬ表情で咀嚼すると、再び皿へとフォークを伸ばした。

「今まで食べたことがない味だなあ。けれど、野性味が溢れていておいしいですね」

「え⁉　そ、そうですわね……」

ブルーノののんきな言葉に、三人がぎょっと目を見張る。

（お父様は、おいしいものはわかるのだけれど、不味いものはわからない種類の味音痴だものね……）

「いかがですか？　ご領地の味には及ばないかもしれませんが」

「素晴らしい再現度ですよ、リーシャロッテ様。その……涙が出るくらいに……」

「本当ですか!?　よかった」

　リーシャはオラルドにさらに皿を薦める。

「今回のコースは全て、ベネッシュ領の伝統料理で統一いたしましたの」

「全て……!?」

　オラルドが、ぐっと絶句する。この生殺しにあと一刻以上耐えなければならないという、死の宣告だ。

「今まで、ベネッシュ領とあまり縁がございませんでしたけれど、これを期に両家の親睦を深められればと思いましたの。大公様方をご歓待したくて、わたくし自ら調理いたしました。ぜひご賞味ください」

　こう駄目押ししておけば、いくら不味かったとしても文句をつけるのは難しい。

（そもそも、レシピ通りに作って不味いのだから、文句をつけられないわよね）

　わざわざ伝統的な調理法を調べて、希少な材料を集め、令嬢自らが調理した。

　これならこちら側としては礼を尽くした、ということになる。破談になったとしても、責任は問われないだろう。

（味音痴という疑いをかけられないかだけが、心配だけれど）

けれど、これで確実に嫌なイメージはつくはずだ。

部屋は刺激臭でいっぱいだが、心は最上級の料理を食べた時くらい弾んでいる。

鼻歌でも歌いだしたいくらいの上機嫌を抑えて、リーシャは椅子を引いた。

「わたくし、料理の仕上げを見てまいりますわね」

(上々だわ。この調子なら、順調に嫌な記憶として覚えていただけそうね)

半地下にあるキッチンへと歩きながら、リーシャはふうと息を吐く。

この作戦は、ミスがないことが肝だ。伝統料理に則っていなければ、ただ不味いものを出しただけになってしまう。

いつも以上のプレッシャーで、胃が痛くなりそうだった。

(特に、最後のスイーツは準備に手間をかけたんだから。ベネッシュ領でお祝い事の時に食べるケーキ!)

中に入れる実は、ベネッシュ領の中でも一軒の農家でしか取り扱いのない貴重なもの。

もちろん、特注して運んでもらった。

ケーキに入れるもののくせに舌が麻痺するほど辛い。

(わたくしは、嫌いな人参だって笑顔で食べられる。死ぬほど不味いあのケーキも、一人

だけきれいに片づけて見せるわ）

廊下の角を曲がると、むっとした熱気が顔に当たる。キッチンに足を踏み入れると、異臭一歩手前のもわっとした空気が顔にかかった。

リーシャのレシピと料理を突き合わせて確認していたライカが、顔を上げた。鼻から下半分は、しっかりと布で覆われている。

「お嬢様！　お疲れ様です。首尾は上々ですか？」

「皆様、前菜だけで大層満足されたみたい」

「あたしだって、一年分のお給金がもらえるって言われても、あの料理は食べるか悩みますよ」

マスクを装備したキッチンメイドたちも、いつもより険しい顔なのが目付きだけでわかる。

（……あとで、わたくしの私費から臨時ボーナスでも手配しましょう）

「それよりも、残りの料理の準備はできている？」

「はい！　ええっと、完全に味が飛ぶまで沸かしまくったスープでしょ。臭みを抜かずに揚げた魚料理と、癖のあるハーブをこれでもかと詰め込んで作った仔牛の煮込みに……」

レシピを書いたのは自分なのに、料理の内容を聞くだけで、胸やけがしてくる。

（わたくしも、後でしっかり食べないと……人様に出すものを、自分だけ食べないなんて、許されないわ）

ライカの横に並んで、リーシャは一つ一つの皿を確認していく。どれも図示していた通りの出来栄えだ。

「どうです？　ばっちりでしょ！」

「そうね。あと、最後のケーキはどれかしら？」

「あ、それならさっき焼き始めたところですよ。木の実のケーキでしたよね？」

「……もう焼き始めているの？」

リーシャは、背伸びして窯の様子を確かめる。窯の周囲は、すっかり温度が上がっているのか、ゆらりと陽炎が起きていた。

思わず、窯に足早ににじり寄る。驚いたライカが、横から腕をぐっと引いた。

「お嬢様、どうしたんです？　危ないですよ、あんまり近づいちゃ」

「ケーキが……焦げついているわ」

「ええっ、なんで!?」

ライカが、血相を変えて窯の中を覗き込む。丸い形のケーキは、茶色を通り越して、ところどころが焦げついた黒い色へと変わりかけていた。

「ライカ、わたくしが渡したメモを見せてくれる!?」

リーシャは、怪訝な表情のライカが差し出したメモを受け取ると、さっと一番下へ視線を滑らせた。

「この木の実は変わった特性を持っているの。そのおかげで、焼き時間は普通のケーキよりも短かったはずだけれど……」

最後に書かれた自分の筆跡を見て、顔から血の気が引く。

「焼く時間が、違ってる――！」

（徹夜続きで寝ぼけて、書き間違えたんだわ！）

窯とリーシャの顔を見比べながら、あわわわ、とライカがあんぐりと口を開けた。

「お嬢様、どうしましょう⁉」

「今から作り直すには、材料が足りないわ。すぐ手に入るようなものでもないし……」

急いで今から他の物を作るべきか。

けれど、スイーツは最後の仕上げに出すものだ。生半可なものでは、かえって無作法になる。

しかも、今までのメニューは全部ベネッシュの伝統料理で統一しているから、これだけ全く別のものにするのも変だ。

（メニューカードにも書いてあるし――どうしよう。このままじゃ、失礼になりかねないわ！）

「お嬢様、そろそろ席に……どうかなさいましたか？」

厨房の入り口から、人をかき分けて声が近づいてくる。

振り返らなくてもわかる。戻らないリーシャを心配して、ヒースが様子を見に来たのだろう。

責めるような視線を浴びせられるのではないか。それが怖くて、リーシャは目を逸らすように自分の手元を見下ろした。

「……わたくしが、ライカに渡すメモを間違えてしまって、最後のスイーツが出せそうにないの」

こんなミスをするなんて、自分が歯がゆくてしょうがない。

けれど、自分の不始末を人に押しつけたりはしない。

それが――令嬢としての誇りだ。

「頭を下げて、誠心誠意お詫びします。わたくしの手落ちだもの」

心を決めて、手を組み替える。あくまで毅然と、リーシャは踵を返した。

場は一気に白けてしまうかもしれないけれど、謝罪は早い方がいい。

父にも謝らなければならない。問題にならなくても、失態には違いないだろう。

(デザートがないなんて、美味い不味い以前の問題だわ。まあ、あのケーキが出なくて、お三方はほっとされるかもしれないけど……)

そう思うと、少しだけおかしくなって、自嘲の笑みが零れる。

それでも、客をもてなせないこと自体が非礼だ。

(せめて、謝罪は潔くしないと――)

「お嬢様、お待ちください」

呼び声に足を止めて振り向くと、戸惑う使用人たちの中で、ヒースがいつも通り背筋を伸ばして立っていた。

見ている前で、唇がゆっくりと動く。

「私に、お任せくださいませんか？」

（ヒースに責任を負わせるってこと？）

「いやよ。わたくしは、自分の責任くらい自分で――」

「大丈夫ですよ。お嬢様に失敗させるつもりはありません」

ヒースは一歩踏み出すと、使用人たちに聞こえないように、小声でそっと囁いた。

「完璧なおもてなしにするために、あんなに遅くまで毎日準備していらっしゃったのでしょう？」

「え」

（見ていたの？）

ヒースにまたやりすぎと思われないようにと、夜は部屋の灯りを落として、ベッドサイドの灯りだけで準備を進めていた。

灯りが外に漏れなければ、気づかれないと思っていたのに。

まごまごするリーシャの前で、ヒースは冷静にキッチンの棚に目を走らせる。

「最後のデザートを出すまでに、まだ時間はございますよね。どれくらいなら、自然に引き延ばせますか？」

「ええっと……少し多めにお酒をお出しして、お話を盛り上げれば、半刻くらいは」

「それだけあれば、十分です」

お嬢様は早く応接間に、と背中を押された勢いのままキッチンを出て振り返ると、ヒースは少しの間も惜(お)しむように、厨房の奥へと駆け出していた。

本当に、前もって謝罪しておかなくてよかったのだろうか。

音を立てないように、フォークをカトラリーレストに戻す。

仔牛の煮込みを喉(のど)の奥に詰め終えたリーシャは、口元をそっとナプキンで拭った。

向かいに座ったベネッシュ家の面々は、すっかり魂(たましい)が抜けている。かすかにこめかみを押さえた大公夫人が、息を吐きながら社交辞令を絞り出した。

「リーシャロッテ様……その、どれも素晴らしかったですわ」

「ありがとうございます」

舌がしびれるほどの不味さのはずだが、不幸中の幸いか、リーシャはデザートの不安で少しも味がわからなかった。

(次はいよいよ、そのデザートだけれど……)

「メニューによると最後は、木の実のケーキですよね？　あの……不思議な味の」

オラルドの言葉に、どくんと心臓が鳴る。きゅっと唇を引き結んでから、リーシャは意を決して口を開いた。

「それがっ……その」

「お待たせいたしました」

　よく響く声がして、みなの視線が一斉にドアへと集まる。

　一分(いちぶ)も表情の変わらないヒースが、大皿を載(の)せた台を押してくると、テーブルの中央に手ずから皿をゆっくりと下ろした。

　リーシャの向かいに座ったオラルドが、味を想像して顔をしかめる。リーシャは、それとは違う意味で内心冷(ひ)や汗(あせ)をかきながら、銀製のフードカバーを見つめた。

（一体、ヒースは何を準備したのかしら。これだけの時間じゃ、できるものなんて限られているし）

　視線をさまよわせると、一瞬だけヒースと目が合った。細められた瞳に見えるのは、確かな自信。

（……そうね、ここまで来て悩んでもしょうがないわ）

　ヒースを信じるしかない。大丈夫だ、ヒースは嘘をついたりしない。

　できないことはできないと言う。

　そして、ヒースができるということは、必ずできる。

　リーシャは、そっと目を閉じる。ヒースがフードカバーを外したのは、見なくてもわかった。

「どうぞ」

ヒースの言葉に、みなが息を呑む気配がする。ふわりと漂う甘いバニラの香りで、リーシャもゆっくりと目を開けた。

わずかに持ち上がった小さな耳が見えて、思わず身を乗り出す。

膝をつくようにして座り込んだ、可愛らしい羊型のケーキ。

混ぜ物のないそれは、表面がむらなく焼き上げられ、まるで茶色い子羊のように見える。首元には、飾り用のリボンと小さな鈴がかけられていた。

「これ……」

（昔、お母様がよく作ってくださった、羊型のケーキじゃない！）

形は可愛らしいけれど、お祝い用でもなんでもない。普通の、日常的に食べるためのケーキだ。混ぜ物もないから、質素とすら言える。

テーブルの真ん中に供されたケーキを見て、オラルドが地獄の料理から解放された安堵感で息を吐く。けれど、すぐに問うような視線を、ヒースへ向けた。

「たしか、メニューカードにはベネッシュの木の実のケーキとありましたが……これは一体？」

「リーシャロッテ様の好物です」

（……その通りだけれど、なんで、それを？）

自分の好物を食べたいから用意した、なんて愚の骨頂だ。しかも、こんな子どもが食べるようなものを、身分の高い方に食べさせるなんて。

　失礼でしかない。

（どういうつもりなの？）

　ヒースは皿を静かに回して、オラルドから見えやすい角度に羊を置き直した。

「リーシャロッテ様は子どもの頃、一際これがお気に入りでした。亡きお母様が、よく作ってくださったものなのです」

「そうなのですか？」

　突然周囲から注目を浴びて、リーシャはテーブルの上に飾られた花瓶へと視線を避けた。

「母が存命の頃は、よくねだって作ってもらっていましたわ。生地に特別なものは混ぜていないのですが優しい味で、母や父と一緒によく食べていました」

　母のフランツェが、几帳面に残したレシピがあったから、今でも味の再現はできる。

　けれど、レシピ帳はいつからかキッチンの棚の奥へ、しまい込んでいたはずだ。

（今食べるには子どもっぽいし。それに——お母様のことを思い出すから）

「結婚とは新しい家族になること。二つの家の歴史が重なり合うことです。亡きお母様のこと、ご自分のそういった一面も、包み隠さず知っていただきたいと、これをお選びになったんです」

（そうか……そうよね）

　ヒースは、子どもの時からリーシャのことを知っている。

どうして自分が完璧令嬢であろうとしてきたかも。

（そういう意味では、これを食べていただくのは、わたくしを知っていただくことに――近いのかもしれないわ）

「ふうん」

オラルドは、黙りこくるリーシャに視線を向けた後、それをヒースへと戻して意地悪く笑った。

「……なるほどね」

「オラルド様、何か？」

「いいや、なんにも」

オラルドが、ひらひらと手を振って目を閉じる。

リーシャは一瞬迷ったものの、椅子に腰かけたまま深々と頭を下げた。

「申し訳ありません。やはり、今日のような場でお出しするものでは……」

「リーシャロッテさん、顔を上げてくださいな」

促（うなが）されるまま、恐る恐る顔を上げると、大公夫人はオラルドと同じグレーの瞳を赤くしていた。母親らしい顔で、そっと涙（なみだ）を拭っている。

「リーシャロッテさんが身近に感じられて、うれしかったですわ。ねえ、あなた」

「そうだな。リーシャロッテ嬢は、いつも非の打ちどころのない評判しか聞かないから、貴重な姿を見せていただいた気がするよ。身内として、受け入れてもらったというかね」

「そういえば、オラルドも子どもの頃はガチョウの丸焼きがかわいそうだとか言って泣いていたんですよ？」

「へえ、こんな色男に育ったオラルド君にも、そんなところがあるんですねえ」

「母上。公爵の前で恥ずかしいじゃないですか」

オラルドが慌てて夫人を窘めるが、子どもの昔話に火がついた親の口は止められない。

一層微笑ましい話で、場が盛り上がっていく。

（……ヒースのおかげだわ）

大公と夫人がオラルドを挟んで笑い合う姿を見て、リーシャはほっと胸を撫で下ろす。

どうやら、非礼をしたとは思われていないようだ。

いや、むしろ――。

（喜んでいただけて、よかっ――って、待って。これじゃあ、ただの）

失礼をするのではないかと思って、すっかり頭から飛んでいた。

一体、自分はなんのために準備をしていたのか。

昔話に花を咲かせた大公夫人が、親しみが深まったせいか、楽しげな笑い声を上げた。

「本当に、素晴らしいおもてなしですわ。このデザートまで完璧なベネッシュ風だったのは、私たちを驚かせるためだったのですね」

（ただのっ、婚約相手の親に気に入られるおもてなしになってしまった――!?）

「喜んでいただけて、よかったですわ」

笑顔のままでそう答える以外、完璧令嬢リーシャにできることはなかった。

はあっ、と小さくため息が漏れる。

いったん自室に戻り、わずかに乱れた髪を整えた後、リーシャは一人階段を下りていた。

すぐに応接間へ戻らなければとは思うが、足どりは重い。

(ヒースのおかげで評判を落とすことは免れたけど、さらに婚約へと駒を進めてしまったのは気のせいかしら)

せっかく、手間暇かけて伝統的不味い料理を準備したのに。

けれど、ヒースを責めるのは八つ当たりというものだろう。

「リーシャロッテ様」

階段を下りきったところで、迎えに来たヒースと出くわす。

他の使用人は、忙しく立ち働いていて人影はまばらだ。先導するヒースの後ろから、リーシャはそっと声をかけた。

「あんなこと、よく思いついたわね」

「普通のケーキであれば、材料は常備してあります。羊の型を使ったのは——お嬢様が、皆様におっしゃったことを聞いての、思いつきですよ」

（ああ、「両家の親睦を深めるためのもの」というあれね）

不味い料理を食べさせられる三人の逃げ道を塞ぐための作戦だった、とは今さら言えない。

（ヒースは、いつもそっけないけれど……本当にわたくしのことをよく見てくれているんだわ）

「ありがとう。おかげで助かったわ」

「礼を言われるようなことではございません。私は執事ですから」

ヒースは、歩調を緩めすらしない。袖のカフスを調整しながら、淡々と言った。

「それに、そろそろ何かミスをなさるのではないかと思っていましたので」

（どういうこと？）

「お嬢様は、完璧にしようとすると、自分のできる範囲を超えてやりすぎるところがありますから」

（うっ……）

心を読んだような返答に、言葉を飲み込む。それを肯定と取ったのか、ヒースはさらに言葉を重ねたが、声音は意外に優しいものだった。

「今回も連日、深夜までご無理をなさっていたでしょう？」

「そういえば、どうしてそれを？」

「灯りの芯の減りを見れば、わかります。ベッドサイドのものだけ、短くなっていましたから」

(そんなところまで、見ているの!?)

やはり、ヒースは油断ならない。

(もしかして、日頃夜更かしして恋愛小説を読んでいるのもバレてっ……)

「それに、目の下にうっすらと、くまができていますよ」

「嘘っ!?」

出迎えの前に、それだけは何度も確認したはずなのに。

慌てて、廊下に飾られている鏡へと踵を返す。その瞬間、ぱしりと右腕を軽く摑まれた。

踏み出そうとした足が、宙に浮く。

背後から覆い被さるように、笑みを含んだ囁き声が耳元で聞こえた。


「嘘ですよ」


(——っ!?)

かっと頰が熱くなる。振り返った時には、ヒースの手はもう腕から離れていた。すでに背を向けて、応接間へと歩きだしている。

(今、ヒースが笑っていた？……幻かしら)

恋心のせいで、ついには幻覚でも見えるようになったのかもしれない。リーシャは後を追いながら、自分の両頬を軽く叩いた。

「けれど、お疲れが見えるのに違いはありません。大公様がお帰りになられたら、すぐ湯が使えるよう用意させておきますから、今日はすぐにお休みください」

「でも、休む前にお父様と今日の首尾を確認したいわ」

「それは、明日でも構わないでしょう。ブルーノ様も、お嬢様がお疲れだと知れば、何もおっしゃいませんよ」

穏やかな声で「いいですね？」と念を押されると、頷くしかない。

ヒースの背中を見上げる。きっと、今は顔が赤くなっているから、後ろを歩いていてよかった。

婚約は不運だったけれど、ヒースが自分のことをよく見てくれているとわかって、素直にうれしい。

（こういうのを、怪我の功名と言うのかしら？）

とにかく、今度からベッドサイドの灯りだけ、別のものを用意しなければ。

そう決意を固めながら、リーシャはヒースの広い背中にくすりと笑いかけた。

などと、恋心に悠長に浸っている暇はないわけで。

「今日は、本当に素晴らしい顔合わせでしたわ」

ヒースに連れられて戻った応接間で、歓談している四人を見たリーシャは、眉根を寄せるのをなんとか堪えた。

戻ってきたリーシャに気づいて、大公と夫人、続いてオラルドも立ち上がる。

「真心のこもったおもてなしをありがとう、リーシャロッテさん。早く婚約式を済ませて、この素晴らしさを親しいご婦人方に自慢したいくらい」

「そうだな。この上ない娘ができて、私も触れ回りたくてたまらないよ」

「私も早く、誰に遠慮することなくリーシャロッテ様を抱き締めて、一番仲の深い人間になりたいものですね」

オラルドはあくまでにこやかに口走る。視線は、なぜかリーシャを通り過ぎ、背後に向けられていた。

(後ろに立っているのって、ヒースよね……!?)

どうしてそんなところへ向けて？　いや、それよりも、背後に妙な威圧感を覚えたのは、気のせいだろうか。

大公夫人が「まあ、皆の前でそんなことを言って」と、オラルドを窘める。けれど、その表情はにこやかで「早く仲良くなってほしい」という気持ちがはっきりと見て取れた。もうすっかり、母親の顔になっている。

（まずいわ……）

こんなはずではなかったのに。今頃三人は、この屋敷に来たことを思い出したくもないと、疲れきった表情を覗かせていたはずなのに。

（とにかく、今日はこのままお帰りいただくしかないわね。今夜から、また新しい作戦を考えて――）

「リーシャロッテ様」

考えを巡らせている間に、オラルドが一歩距離を詰めてきていた。

屈み込んでくる長身の彼から顔を隠すように、リーシャは扇を開いた。

「はい、なんでしょう」

「もしよろしければ、今度、私とお出かけになりませんか？」

「えっ」

一瞬、口がひくついたかもしれない。扇を広げておいて、本当によかった。

呆然とするリーシャに、オラルドはさらに一歩踏み込んで、華のある笑みを振りまいてくる。

「私も、リーシャロッテ様ともっと親睦を深めたいんです。今日のような短い時間では、満足できません。もっと、貴女といろいろなお話をしたい。二人っきりで」

「二人っきりで……ですか？」

それは、つまるところ——。

「デートかあ！　素敵なアイディアだね」

（せっかく、口にしなかったのに！）

恨めしく思いながら横目で盗み見ると、ブルーノが楽しそうに手を叩いていた。

「確かに、顔合わせをしてすぐに結婚っていうのは、リーシャも不安だろう？」

「それはそうですけれど……」

「もう少しじっくりと、二人で親睦を深めるといい」

条件反射的に肯定した言葉に、ブルーノはうんうんと満足そうに頷いた。

急な結婚をする娘への、父親の気遣いなのはわかる。

だが、この場合は有難迷惑でしかない。

「でも、お父様？　まだわたくしたちは婚約を発表しておりません。オラルド様はとても人気のある方ですから、二人で外出すると噂になってしまいます」

「それなら、今度一緒に行く予定にしていた観劇にすればいい。若い人が見てもおもしろい題材だし。うちがいつも使っているボックス席なら、人目も気にしなくて済むだろう？」

「ですがっ、オラルド様も何かとお忙しいでしょう？　その日は、すでにお約束がおありかも——」

「リーシャロッテ様と出かけられるのなら、国王陛下からのお誘いでもお断りしますよ」

オラルドが、滑るように手を摑んで、甲にそっと唇をつけた。柔らかな感触に、頬がむずむずする。

「それに、婚約する前の外出には、結ばれた後とは違った楽しみがあるでしょうから」

（にっ、逃げられない！　そして、一体何の楽しみが!?）

内心で大慌てしながら、背後の不穏な気配を振り返る。

ヒースは姿勢を正したまま、漆黒の瞳をかすかに細めて――頷いた。

ブルーノが、あの妙な魔力のある笑顔を向けてくる。

「どうだい、リーシャ？」

「喜んで行ってまいりますわ、お父様」

そう答える以外に、今の自分に選択肢はない。

（……もうっ！）

わたくしは、婚約を穏便に解消したいだけなのに！

リーシャは誰からも見えないように扇で口元を隠すと、そっとため息をついた。

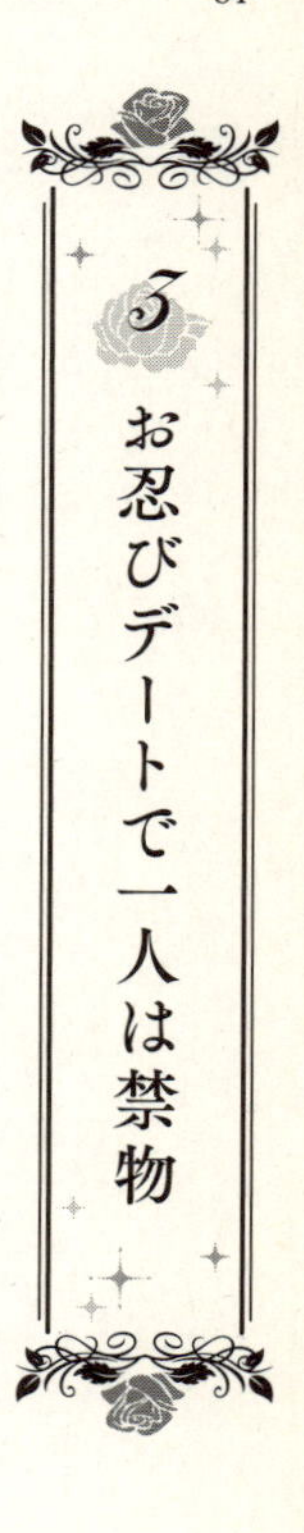

3 お忍びデートで一人は禁物

「ライカ、後ろの髪留めはどう？」

鏡台を睨みつけながら、リーシャはネックレスの位置を調整した。

リーシャの私室からドア続きの衣装部屋には、色とりどりのドレスが広げられている。アクセサリー棚の上にも、大振りの宝石が嵌められたイヤリングやネックレスが転がっていた。

頭を動かさないように注意しながら、窓の外を覗く。木々の隙間から見える空は、もうすっかり黄昏ている。

記憶から抜けきらない不味い料理を堪能した、結縁からまだ三日。

役者の急病で劇が中止になる——などということもなく、あっという間にオラルドとの観劇の日がやってきた。

（本当は、お父様と久しぶりにおでかけする予定だったのに！）

後ろでリーシャの髪に飾りを付けていたライカが、位置を微調整しながら、ううんとうなった。

「いつもあんまり使わないタイプだから、難しいですねえ。でも、こんなもんかな」

ライカの言葉を合図に、リーシャはスツールから立ち上がる。部屋の中ほどに据えつけられた姿見の前へと進み出た。

装飾の施された額縁のような鏡面に、ドレスを纏った自分の姿が映り込む。睨むように、服装を頭の先から順に一つひとつ、チェックしていく。

今日の演目は、オペラだ。しかも、ボックス席で観劇するから、正装は欠かせない。

「それにしても、珍しいですね。お嬢様が、青色のドレスを着るなんて。色っぽいというか、渋めというか。いつもは、明るい色が多いじゃないですか」

「だって、青はあまり好きな色ではないと、調査書に書かれていたんだもの」

リーシャは、鏡台に広げたヒースの調査書を暗唱する。

「『オラルド・ベネッシュ。好きな色は、赤、緑、黄色。女性の服装で好むのは、華美で豪奢なものより、露出の少ない清楚なもの』……だからこその、これよ」

鏡の中で、裾を見せつけるように回転してみせる。ドレスに合わせて、影を作るように片側だけたらした前髪が、さらりと揺れた。

群青色のドレスは、手持ちの衣装の中で、最も襟ぐりが深いものだ。肩は全て露出しているし、背中も中ほどまでが露わになる。

今の自分にできる、ぎりぎりの露出だ。

（以前、ドレスを誂える時に勧められて注文したのだけれど、これを着る機会が本当に来

るなんてね)

通常の正装に比べても薄着な分、少し恥ずかしいが、しょうがない。

これも、破談のための大事な作戦なのだから。

「この格好は、完璧にオラルド様の好みから外れているもの。絶対にがっかりなさるはずだわ」

「お嬢様、すごい勢いでオラルド様に詳しくなってますよね……」

「相手の好みを知っておくのは、基本だもの」

ライカの言葉に、リーシャは小首を傾げる。劇場の薄暗いボックス席でも派手に見えるよう選んだ、大振りのダイヤのイヤリングが揺れた。

「お付き合いのある方の好みは、大体把握しているわ。そうでないと、贈り物も適切なものが選べないでしょう?」

「……お嬢様って、ヒースさんについては、好きな色も知らないんじゃなかったでしたっけ」

「だ、だって、そんなこと聞けるわけないもの!」

(「どうしてそのようなことをお尋ねになるんですか?」とか、尋ね返されて終わるに決まっているわ)

リーシャは、姿見に背を向けて、私室へと向かう。

結縁での失敗は、繰り返さない。やる気を漲らせながら、ドアを開けた。

（今日は、絶対にこの格好でドン引きさせてみせるわ！　そうして、無事破談に――）

「リーシャロッテ様」

部屋に入った瞬間に声をかけられて、手に持っていたショールを落としかける。廊下へと続く入り口を振り返ると、ヒースが手紙の載った銀製の盆を手にして佇んでいた。

先日の結縁の時ほどではないけれど、今日のヒースの格好も、普通の執事服とは違う。黒いジャケットの素材もいつもより高級なものだ。白いベストに白いタイ。ズボンの裾には、飾りのラインが入っている。

なぜなら、ヒースも今日のオラルドとのデートに付き添うからだ。

ヒースはオラルドとの観劇が決まった翌日には、自分が付き添いたいとリーシャに申し出た。

理由はどうあれ、ヒースと出かけられる機会など最近はめっきりない。思わず二つ返事で了承したけれども――。

（やっぱり、珍しいわよね。わたくしの外出に付き添うなんて。てっきり、ライカにでも押しつけるかと思っていたのに）

「先ほど、お手紙がございましたので、お届けに――」

「ありがとう。外出まで少し時間があるから、今のうちにお返事を書くわ。あとで、ライカに持って行かせるから」

リーシャは、銀盆から手紙を掬い取ると、机に向かう。ペーパーナイフで封を開けようとして、手を止めた。

（返事がない？）

背を向けたまま、顔だけで後ろを振り向く。ヒースが、なぜか盆を手に載せたまま怪訝な顔をしていた。

「……お嬢様、今日はそのドレスで、オラルド様との観劇に？」

「え？　ええ」

ヒースの視線につられるように体を見下ろすと、首にかかったダイヤの長いネックレスと白い胸元が目についた。

別段、おかしなところはないはずだ。ドレスコードにもかなっているし——。

「ライカ」

ヒースは、衣装部屋から出てきたばかりのライカを、鋭い声で呼び寄せる。二言三言、何事かを囁いた。

「え！　あれですか？」

「五日前の早朝に、届いていただろう」

「ええっと、確かにしまった覚えはあるような……」

（……一体、何かしら）

記憶を捻り出すようになりながら、ライカはぱたぱたと衣装部屋へ戻っていく。半開きのドアの向こうに姿を消したかと思うと、すぐにひょっこりと顔を出した。

「えっと、ヒースさん。これのことですよね？」

ライカが、シフォンの花飾りのついた黄色い布地の塊を持ってくる。リーシャの前でドレスを広げると、柔らかい裾が、ふわりと部屋の中に舞った。

先日、誂えたばかりの春用の黄色いドレスだ。背中の部分にはレースがあしらわれていて、少女らしさもある。

ヒースは広げられたドレスの細部を目で確認すると、小さく頷いて言った。

「お嬢様。今日は、こちらを着ていかれてはいかがですか？」

「えっ⁉」

リーシャは、ライカと視線を交わし合う。ライカは、叫び声でも上げたそうに口を開けたまま、ぶんぶんと首を横に振った。

今まで、装いに関してヒースに口出しされたことはない。

外出に自主的についてくることといい、どういう風の吹き回しだろう。

リーシャは、探るような視線をヒースに向ける。ヒースは、一瞬眉間に皺を寄せたかと思うと、すぐ平素の顔を取り戻した。

「……このドレスをお召しになったお嬢様は、大層可愛らしいだろうと思ったものですから」

「そっ、そうかしら」

（か、可愛らしい？　ヒースが、今わたくしのことを、可愛らしいって言った⁉）

「ええ」

ヒースがただ頷いただけなのに、ついびくりとしてしまう。小さい頃は気軽に、これは似合うか、可愛いかなどと聞いていたけれど。

——大人になってからは初めてだ。

気がつくと、ライカの出してきた黄色のドレスを、ぎゅっと抱き締めていた。

「き、着替えてくるわ」

赤くなった顔を隠すようにヒースに背を向けると、衣装部屋へと一目散に逃げ込む。スツールにへなへなと腰を下ろすと、ライカがドアを閉める音が聞こえた。

「髪の毛も結い直しですよね？」

「ごめんなさい。ライカ」

「いいですよ。せっかくヒースさんが、珍しくお嬢様のこと褒めたんですし！」

ライカは、髪飾りを手早く外すと、ドレスの後ろで締め上げていたリボンを外す。リーシャは、するすると青いドレスを脱ぎ捨てると、黄色いドレスをふわりと広げた。

シフォンで花を模した飾りが、肩から背中までぐるりと付けられている。首に、共布のチョーカーを合わせると、ぱっと春らしくなった。

「確かに、このドレスはお嬢様にお似合いですもんね！」

「ありがとう、ライカ。でも……」

（なんで、ヒースがこのドレスのことまで知っているのかしら？）

もちろん、我が家の家計を管理しているのだから、リーシャが何を、どこでどれだけ購入しているか、ヒースが把握していてもおかしいことはない。

それにしても、どんなドレスかまで把握しているとは。

(先日の灯りの件といい……どれだけ執事の仕事が好きなのかしら)

着替えを終えると、アクセサリーを選んで身だしなみを整える。手紙の返事を書くのは諦めて、すぐに部屋を出た。

ドレスの陰でヒールをかすかに鳴らしながら、階段を下りきる。玄関の横には、外出の身嗜みを終えたヒースが立っていた。

「……待たせてしまったかしら」

「いいえ、時間通りです」

ライカに背を押されて、ヒースの手を取る。そのまま、屋敷の広間を抜けて、手を引かれるまま馬車に乗り込んだ。

向かいの席に座ったヒースを、上目遣いにちらりと盗み見る。ジャケットの上に着たコートが、見たことがないものでどきりと胸が高鳴る。

これだとまるで、ヒースとデートするみたいだ。

「着替えてみたのだけれど、どうかしら?」

「とてもお似合いですよ」

「……ありがとう」

（ああ！　ライカには二度手間をかけてしまったけれど、着替えてよかった……！）

リーシャはかすかに俯（うつむ）いて、膝（ひざ）の上で組んだ手に視線を落とす。

「それに、そちらの方が安全ですし」

「安全？」

「いいえ、こちらの話です」

（……こちらの方が、露出が少なくて風邪（かぜ）をひきにくいということかしら？）

とにかく、今日は大きな収穫（しゅうかく）だ。オラルドと外出する――デートとは認めない、断じて――のは不本意だが、ヒースの好みがわかったのは、僥倖（ぎょうこう）だ。

リーシャは、ふふっと無邪気（むじゃき）に声を上げて笑った。

「ヒースが黄色を好きなんて、少し意外だわ。もっと暗い色が好みなのかと――」

「どうして、私が黄色を好きだと？」

「え？　だって、さっき青色のドレスじゃなくて、こちらを薦（すす）めてくれた……でしょう？」

やや顔を曇（くも）らせながら、そう尋ねてみる。ヒースは、表情を一分も変えずに、素っ気なく答えた。

「特に、私の好みは関係ありませんが？」

「え!?　な、なら、一体どんな基準でわたくしにこのドレスを薦めたの!?」

「それは勿論（もちろん）――」

「リーシャロッテ様。その黄色のドレス、とても素敵ですよ。春を呼ぶ小鳥のように愛らしく清廉で」

「ありがとうございます、オラルド様」

（オラルド様の基準だったのね⁉）

ボックス席に入ってきたオラルドに、リーシャはドレスと揃いの黄色い扇を広げて微笑んだ。

（そういえば、黄色はオラルド様の好みの色だったじゃない！　ドレスも、これはどちらかというと愛らしくて、それでいて華美というほどでもなく……）

つまり、ヒースはあくまで「執事として」リーシャのデートがうまくいくように、アドバイスしたということだろう。

ヒースが根っからの執事だということを、すっかり忘れていた自分が恨めしい。

これでは、「最悪なデートで嫌っていただく」作戦が、一手目で台無しだ。

頭を抱えたいところだが、今そんなことはできない。

ヒースへの恨みも込めて、リーシャは全力の笑顔を振りまきながら、オラルドを注視した。

今日のオラルドは、瞳の色と同じ、落ち着いた濃いグレーの上着を着ている。先日の結縁の時よりも幾分ラフにまとめられた明るい金髪が、暗い色合いの服によく映えていた。装飾は抑え目なものの、繊細な彫りの入ったカフスや、上質なタイが、きちんと選び抜かれたものであることは見て取れる。

(あいかわらず、絵に描いたような色男ぶりね……)

こんな姿の彼が歩いていれば、さぞ令嬢方が集まってきただろう。オラルドには観客が一通り席に着いた開演間際に来てもらって正解だった。

リーシャの視線ににこやかに応えながら、オラルドはボックスの入り口にかかっている垂れ幕を、手ずから下ろした。

「そういえば、そろそろ敬称を取り払ってもよろしいですか？　変に気をつかっていると、逆に失敗してしまいそうで」

(それだけ回る口で、失敗するとも思えないけれど)

「ええ、構いません」

「私のことも、オラルドと気軽に呼んでください」

「わかりましたわ、オラルド様」

「……まあいいでしょう。呼び捨てしてもいいと思っていただけるよう励みます。ところで、リーシャロッテ」

オラルドが、柱の傍に控えているヒースに向かって、ドンと壁に手をつく。涼しい顔のまま一瞥もくれないヒースに、笑顔のまま話しかけた。

「私は、二人きりでと約束したつもりだったのですが」

「私のことは、いないものと思っていただければ」

「――いないもの、ね」

「わたくしが、連れてまいりましたの。ヒースは気が利きますし、道中も何かと心強いですから」

リーシャは、舞台へ横向きに配されている椅子に腰かける。けれど、オラルドはまだヒースの横に佇んだままだ。

（……ヒースが絡まれるなんて、珍しいわね。先日の結縁の時も冷ややかな雰囲気があったけれど、そりが合わないのかしら）

リーシャが、着席を促すように椅子へ手をかけると、オラルドはやれやれと肩をすくめる。勧められるままに隣へ腰を下ろした。

「リーシャロッテと観劇できるのなら、邪魔者も我慢しましょうか」

オラルドがそう言った瞬間、ボックスがふっと暗くなる。開演の時間だ。

場内の灯りが少しずつ落とされていく。柱の陰に立っているヒースの上着が、暗い影に溶けた。

ステージの上に、主人公となる一際豪奢な衣装の男が現れると、会場から割れんばかりの拍手が巻き起こった。

「リーシャロッテは、この演目を見たことがありますか？」

（……っ、近い）

オラルドの低い声が耳元で聞こえて、リーシャは、じわりと背もたれへと身を引いた。

ちらり、と横を盗み見ると、想像より間近にオラルドの横顔が飛び込んできて、リーシャは肩を小さくする。

（だから、ボックス席は嫌だったのに！）

社交界に出て二年。完璧令嬢と呼ばれているおかげで、みな敬遠してくれるから、直接声をかけてくる男は意外と少ない。

そのせいで、あまり――ほとんど男性と接したことなどないのだ。

箱入り娘、と言われると自分でもそうだと思う。

けれど、あまり大声で話をすると、他のボックスに聞こえてしまうかもしれない。

椅子を引いて距離を取りたいのを、ぐっと堪えた。

（派手なドレス作戦はヒースに邪魔されてしまったけれど、本番はここからよ。しっかり、オラルド様に嫌っていただける最悪のデート、いいえ、外出にしなくっちゃ）

「ええ。定番の演目ですから」

声を潜めながらも、言葉を選ぶ。オラルドが、舞台からリーシャへ視線を移して、いたずらっ子のように笑った。

「よかった。私と一緒のせいで初めて観る演目を楽しめなかったら、申し訳ありませんか

ら」

「ですが、あまりお話ししても他の席の方のご迷惑になりますし……」

「それなら、これくらい近づけばどうでしょう？」

椅子を詰めたオラルドの腕が、肩にこつんと当たる。リーシャは思わず出かけた悲鳴を、扇で口の中に押し戻した。

（だから、近い、近すぎますから！）

「オラルド様は、こういうところに女性と来るのに、慣れていらっしゃるんですね」

「もしかして、私が他の誰かと交際しているのではないかと心配なさっているんですか？」

「ほっ、他にお付き合いのある方が⁉」

それなら、これ以上ないくらい話が早い。願ったり叶ったりだ。

（どうか、いると言って！　喜んで祝福させていただくから！）

「安心してください。声をかけてくださるご令嬢には、失礼のないようにしているだけです。誰とも付き合いなどありませんよ」

オラルドが、リーシャの手を掴みながら一息に言いあげる。手袋を嵌めた指先に、そっと唇で触れた。

「そ、そうですか」

この軽快な語り口は、一体どこで磨かれたのだろう。それとも、生まれつきの性分なのだろうか。

気を抜くと、すぐにペースを握られてしまう。

リーシャは失礼にならない程度の力で、すっと手を引いて扇を開く。

オラルドは、取り残された手をおかしそうにぱっと開いてみせたものの、舞台へと大人しく目を向けた。

「まずはお互いを知るところから始めたいですね。観劇の邪魔にならない程度なら、お話ししても？」

「ええ」

ただし、心あたたまる歓談にする気など毛頭ない。

しっかりと、破談への作戦を遂行させてもらう。

リーシャは笑顔に気合いを入れて、オラルドに向かい合う。軽やかに扇を閉じながら、小さな声で可愛らしく答えた。

「何でも、お尋ねになってください」

「そうですね……では、無難ですが趣味からお尋ねしましょうか」

趣味ですか、と小声で呟きながら、考えるように唇に手を当てる。まるで秘密でも教えるように、こっそりと言った。

「ガーデニングと乗馬です」

「ああ、私も乗馬は好きですよ。どこかお気に入りの散歩道などありますか？」

（……その質問を待っていたわ）

「はい、もちろん」

リーシャは再び扇をゆっくりと開くと、頭の中に叩き込んだ問答集の中から、するする
と答えを引っ張り出した。

もちろん、あくまで落ち着いた声で。

「二百ほどございますけれど、よろしいですか？」

「二百……ですか？」

オラルドが、切れ長の瞳を丸く見開く。リーシャは、変わらぬ笑顔のままにっこりと笑ってみせた。

「ええ」

その笑顔に、冗談だと思ったのだろう。オラルドは、ふっと吹き出すように言った。

「どうぞ教えてください、リーシャロッテ」

「では」

こほん、と小さく咳ばらいをする。他のボックスに聞こえないように、扇で覆いを作りながら、オラルドの耳に向かって朗々と語り始めた。

「まずは、王都のプラメリアからまいりますわね。プラメリア城の裏側にある山手の道、城下にある川沿いの橋を通る散歩道。南側にある古城沿いの砂利道もおすすめです。あと

は、貴族の屋敷が集まっている東の郊外にある丘でしょう？　あとは、紹介がなければ入れないのですけれど、北側にお住まいの馬が格別好きな男爵がお造りになった専用の馬場がございますの。そこから少し南に下ったところにある、小川沿いの道も大変素晴らしくて——」

「ええっと……？」

オラルドが、ぎこちない相槌を打つ。

けれど、リーシャは留まることなく呪文のように軽やかな声で続けた。今まさに、舞台で劇を演じている役者さながらに。つい、興に乗って声の抑揚まで付けてしまう。

「プラメリアばかりではおもしろくありませんから、他領地もご紹介させてくださいね。乗馬で申しますと、やはり広いなだらかな土地がある方がよろしいですから、盛んなのは高原の多い西北のアルメイダ領でしょうか。アルメイダ領は、小麦が特産なのはご存知かと思いますが、その小麦畑沿いに素晴らしい道が八つございまして、北側から順にご紹介すると——」

「は、はあ」

絶え間なく言葉をするすると紡ぎながら、ちらりとオラルドを見る。オラルドは、まだかろうじて笑顔を浮かべている。けれど、その眉間には、しっかりと困惑による皺が刻まれていた。

（……いい感じでお困りみたいね！）

リーシャは心の中で、達成感にぐっと拳を握った。

普通に話を盛り上げてしまっては、ただ好感度を上げてしまうだけだ。

かといって、冷たく追い返すというのは、礼儀に反する。

それならば、いっそ——話を盛り上げすぎてしまえばいい。

今日までの三日の間に、リーシャはライカとともに、あれこれと質問されそうなことをリストアップした。

そして回答には普通なら知り得ないような、マニアックな情報を付帯する。

完璧令嬢として回答すれば、「完璧」そのもの。

(このまま「この女と結婚しても楽しくなさそう」と思っていただければ……！)

名付けて、「完璧な婚約者は気づまり作戦」。

今日見る観劇の中身から、自分の趣味嗜好、最近の情勢や時事の話題に至るまで、完璧な回答は全て準備済みだ。

付き合うには、かなり気詰まりしてしまうかもと思う内容を揃えたので、暗記するのには苦労した。けれど、これもオラルドに嫌われるためと思えばこそだ。

(少し蘊蓄を追加しすぎた気もするけれど……とにかく、恋愛小説では、大抵できた人間はふられるものよ)

「リーシャロッテ……」

「はい、何でしょう？」

力なく呼ぶオラルドの声に、小首を傾げてみせる。オラルドは、困ったように髪をかきあげた。

「その、二百全て聞いていては、時間がもったいな……舞台が終わってしまいますから、一番お好きなところだけ教えていただけますか？」

「わかりましたわ」

そう聞かれれば、答えは一つだ。

「それでしたら、プラメリアの西側、プラメリア城の裏側にある山手の道ですわね。城と城下町を眼下に望む景色が大層美しいんです。あの道は、チェレイアが建国されるよりも以前から、商人たちが交易に使っていた山道で、『ヴィノリー史書』の一節によると――」

「リーシャロッテ」

段々と、歴史に話が発展していく気配を察して、オラルドがリーシャに向かって手を翳す。リーシャは、首を傾げながら、一層声を潜めて囁いた。

「オラルド様？　どうかなさいました？」

「その……リーシャロッテは、乗馬の観光でも専門的に勉強なさったのですか？」

「いいえ。普通の趣味程度、最低限の知識の範囲内ですわ」

笑みを貼りつけたままの顔で、それが何か？　と無言の圧力をかける。

オラルドは難しい表情をしながら、グレーの瞳を閉じる。気を取り直したように、なんとか明るい笑顔を浮かべた。

「ええと、それでは休日はどのようなことを？」

「屋敷にある薔薇園の手入れをしておりますわ」

リーシャの答えに、オラルドがほっとした顔を見せる。ああ、この話題なら問題なさそうだ、という気持ちがはっきり見て取れた。

「素晴らしいですね。私は、ヴィノリー領で作られた淡い緑の——あの薔薇が好きです」

それを聞いて、わざとではなく、笑みが勝手に深まってしまう。

（安心なさるのは、まだ早いわ）

「まあ。あの薔薇ですか？　あれは、四代前の国王が特別にヴィノリー領でおつくりになったものだというのはご存知ですか？　実は、あの来歴にはわたくしの父方の祖父の甥の弟の妻の祖母の従姉妹の夫が関わっておりますの。せっかくですから、そのお話をご紹介させていただいてもよろしいですか？」

「ああ……はい」

オラルドは降参したように、軽く両手を上げてみせた。

「——最終的に、わたくしの一族の者がその苗を特別にいただきましたの。それを、我が家の薔薇園の最奥で育てております。何かご不明な点などございましたか？」

「……リーシャロッテが、こんなにお話し好きだとは、知りませんでした」

「まあ。いつもはここまでではないのですけれど、オラルド様とのお話が楽しくてつい」

オラルドの眉が、困ったようにすっかり下がっている。リーシャは、それには気づかぬふりをして、目をぱちぱちと瞬かせた。

気がつくと、劇はもう半分をすっかり過ぎている。いつの間にかヒーローとヒロインは舞台上で睦まじく愛を育んでいた。

すっかり冷えきったボックス席の雰囲気とは、対照的に。

「リーシャロッテは、物知りでいらっしゃるんですね」

「そんな、普通のことですわ」

「でも、僕も各領地での体験談なら、リーシャロッテよりも詳しいと思いますよ」

オラルドは、なんとか困り顔から態勢を立て直すと、唇に柔和な笑みを浮かべた。

「……聞いてばかりでは失礼ですから、次はリーシャロッテが私に質問してくれますか？」

「わたくしがですか？」

（話が盛り上がらなくて、さっさと見切りをつけたのね。さすが、切り替えが早いわ）

オラルドは、艶々とした笑顔を崩さない。屈託のない笑顔に見入りそうになって、リーシャは慌てて目を逸らした。

彼の評判がいいのは、こういう前向きなところかもしれない。

せっかく準備した回答がもったいないが、促されて質問しないのも失礼だろう。

リーシャは、頭の中の質問リストから、盛り上がらなそうな質問を拾い上げた。

「オラルド様のご出身は、ベネッシュ領ですよね？」

「ええ。生まれたのは、ベネッシュ領の中心地である城下です。けれど、昔から旅が好きだったので、父の領地の周遊についてよくあちこち巡っていました。十七の頃から、本格的にふらふらしだして、八大領を全て回りましたよ。有意義な旅でした」

「とても大変だったのでは？」

「そんなことありませんよ。旅に出てしまえばなんとかなります。うっかり所持金を盗まれたこともありましたが、適当に働けば、どうにでもできますから」

オラルドは、おどけながら皿を洗うふりをしてみせた。

(オラルド様は、思っていたより逞しい方なのね)

なんでもないことのように言ったが、八大領、全部を回るのは財力のある貴族でも気軽にはできない。元敵国で今は属領になった地方などは治安が悪いし、言葉も違う。

そんなつもりはなかったのに、純粋な好奇心から素直な質問がつい口をついた。

「……一番お気に召したところは、どこですか？」

「そうですね。北東のステリアは、年の半分近くは銀世界で、張り詰めた美しさがあります。南部ナスルの砂漠地帯は、異国情緒に溢れていますし。けれど、やはり一番好きなのは、ベネッシュ領ですね」

「そう……なのですか？」

(それは意外だわ)

てっきり、あそこがいいとかここがいいとか、旅した先を褒め称えると思っていた。

「旅から帰ってくると、ベネッシュ領こそ和やかで、心安らぐ場所だと思えるんです。もちろん、陳腐な郷愁もあるのでしょうけどね」

自分の言葉を笑うように、オラルドは首をすくめる。

「ベネッシュ領は、人口も多い方ではないですし、どちらかといえば寒い地方ですから、観光地としては栄えていません。けれど、その分、自然が多くありますし、鉱石や絹織物など、よそにない特産品もある。いいところですよ」

「オラルド様は、ベネッシュ領を大切に思っていらっしゃるんですね」

「さあ、どうでしょう。私は今、プラメリアに住んでいますし。頼まれ仕事をしたり、あとは領地と王都との繋ぎ役ですね。領地の実務は、父と跡継ぎの兄に任せきりです。この兄がまた変わり者でね。僕と違って偏執的に几帳面な男で――」

オラルドは、ぺらぺらと実の兄の奇行を話しだす。それは、揶揄しているようで、自慢にも聞こえた。

(そういえば、兄のフィリップ様は、結縁にいらっしゃらなかったわね。この様子だと仲はよさそう……って、違うわ。こんな、和やかに歓談して理解を深めてる場合じゃなくて!)

まだ八大領は半分ほどしか行ったことがないから、知らない話題を示されて興味を引かれてしまった。あとはもう、観劇に集中したいと逃げきるべきだろう。

リーシャは、わざとあっと口を開けて舞台に目を向けた。

「そろそろ、観劇に集中しませんと。役者の方に申し訳ありませんわ」

「え？　ああ……」

オラルドは、顎に手を当てて黙り込むと、突然、リーシャの肩に手を添えて、顔を覗き込んだ。

（……何？）

「リーシャロッテ、最後にもう一つだけ質問させていただいてもいいですか？」

「ええ、もちろんですわ。わたくしにお答えできることなら」

（まだ劇は終盤が残っているのに、もう最後の一つなのね。これは相当わたくしのことを嫌いになったに違いないわ。せっかくだから、とどめの一押しにもう一解説——）

オラルドが、すっと長い指を動かす。ボックス席の入り口の影を、迷わず指さした。

「——リーシャロッテにとって、執事のヒースはどんな存在なんです？」

「けほっ！」

（なっ……何を突然!?）

変な息の吸い込み方をして、思わず咳き込む。いつの間にか、オラルドが気遣うように背中を擦っていた。

「大丈夫ですか!?」

「だいじょう、っ……で」

「ヒース、水をもらってきてくれ」

口元を押さえながら、体を傾けて入り口を振り返る。そこには、開演から姿勢を変えないままのヒースが立ち尽くしていた。

冷ややかな瞳に、一瞬びくりとする。リーシャの背に手を置いたオラルドの、有無を言わせぬ声音が聞こえた。

「早く」

「……承知いたしました」

（あっ……）

幕の隙間へ、ヒースの姿が消える。絨毯の上に響く足音が完全に遠ざかってから、オラルドはリーシャへ向かい合った。

「今日お話ししたなかで、一番動揺しましたね。リーシャロッテ」

咳を宥めながら顔を上げると、見開かれたグレーの瞳の中に、苦しそうに眉根を寄せた自分の顔が映り込んでいた。

「オラルド様、どうしてそのような質問を？」

これなら、咳でむせているだけで、動揺しているようには見えないはずだ——多分。

「貴女が遠回しにいじわるなさるからでしょう？　まあ、それでも構いませんけどね」

オラルドが、小さく肩をすくめる。背中を擦っていた手を、リーシャの肩に自然に回した。

「前回の結縁でデザートを運んできた時に、彼は大層リーシャロッテの事情に詳しいようでしたから、気になってしまって」

「その、せっかくですからもっと別のお話を――」

「何でもお答えいただけるんですよね？　リーシャロッテが知っていることなら」

（そんな質問の答えは、用意してないわよっ……！）

「ひ、ヒースは十二の頃からうちで働いていて。一年、他家に見習いに出ていた期間を除いても、もう九年になりますから」

「本当に、それだけですか？　他の使用人とは、信頼の度合いが違うように感じましたけど」

オラルドは、鮮やかに笑ってみせる。表面上は穏やかで思わずときめくほど甘美な笑顔なのに、威圧感が滲み出ていた。

（……この笑顔は、誤魔化せなさそうね）

ヒースが他の使用人と同じ――というのは、恋心を除いても、明確な嘘になる。

それならば、ある程度の事情を説明した方が無難だ。

リーシャは、オラルドから舞台へと視線を逃がす。壇上では、想いを固めた二人の男女が、家の者たちに引き裂かれていた。

「ヒースは、母を亡くしたわたくしを気遣って、歳が近いからと父が入れた使用人です。

ですから、厳密には他の使用人とは違うかもしれません」

「つまり、幼なじみのようなものなんですね。執事にするほどですから、元はそれなりの家の出なのですか？」

「さあ。父は、優秀だからとヒースには何かと目をかけています。わたくしと同じ家庭教師から、礼儀作法だけでなく、一般教養や語学も習いました。ですから、わたくしのことに他の者より詳しい。それだけですわ」

「それで、リーシャロッテにとって彼は、どんな存在なんですか？」

「……ただの執事です」

リーシャの声をかき消すように、周囲の客席からわっと歓声が上がる。

舞台では、家の事情で引き離された二人がずっと共にいられるようにと、自らナイフで命を絶つところだった。

オペラは悲恋が多いから、時々、見ていてつらい。

「舞台も、ちょうどよいところのようですし、最後くらいは静かに」

「リーシャロッテ。実は、貴女に不満が一つだけあるんです」

（もしかして、破談にしたいというご相談かも……！）

耳よりな言葉に、思わず振り返る。その隙を狙ったかのように強く両腕を握られた。

大きくて力強い手の感触に、体が固まる。引き解こうとしても、びくともしない。

嫌な予感がするから、あまり見たくはないけれど。そう思いながら、こわごわ見上げたオラルドの薄い唇には、からかうような笑みがしっかりと浮かんでいた。

「……オラルド様。わたくしにご不満というのは？」

「貴女が完璧すぎること。というより、完璧でない部分を見せてくれないことでしょうか」

オラルドが、掴んでいた手を無造作に引く。息がかかりそうなほど顔が近づいて、上げそうになった悲鳴をリーシャはなんとか呑(の)み込んだ。

（こ、このタイミングで迫(せま)る!?）

ヒースがいなくなったからだ。そう気づいても、もう遅(おそ)い。

こういう時、どう対応すればいいのだろう。頭の中で接遇(せつぐう)の手引きをひっくり返すけれども、「お相手に合わせて、行動いたしましょう」としか書いていない。

（今度、失礼にならないあしらい方を、恥(はじ)を忍んで伯母(おば)様にご相談するとして！）

ぎりぎりと、手に力を込めてオラルドを押し返そうとするが、逞しい成人男性に敵(かな)うはずもない。できるのは、苛立(いらだ)ちを込めて笑顔で威嚇(いかく)するくらいだ。

「オラルド様。少し離れていただけますか？」

「何か問題でも？」

「あまりお近づきになると、あらが見えて恥ずかしいですので」

「だからこそですよ」

オラルドに、さらにぐいと強く引き寄せられる。吐息(といき)がかすかに、リーシャの睫毛(まつげ)を震(ふる)わせた。

「貴女が隠したいと思っている欠点こそ拝見したいですね。完璧令嬢リーシャロッテ」

（ひっ）

頭の中で、言葉にならない思考がぐるぐると回る。

衝撃が強すぎて見開いたままの瞳に、オラルドのグレーの瞳が映り込んだ。

（もっ、もうだめ！）

「きゃっ……」

「うわっ！」

リーシャの悲鳴に被さるように、オラルドの叫び声が響く。腕を捕らえていたオラルドの手から力が抜けた瞬間、リーシャはぱっと身を引いた。

悲鳴の原因を探して、視線をさまよわせる。オラルドの背後に、暗がりに溶け込むように立っている人影を見つけて、声を上げた。

「……ヒース！」

「大変お待たせして申し訳ありません、リーシャロッテお嬢様」

ヒースは持っていたグラスを、リーシャの震える手に握らせる。ひやりとした感触で、冷静さを取り戻した。

（とっ……とにかく、助かった……？）

どうも、首の後ろによく冷えたグラスを当てられたらしい。オラルドが、うなじを擦りながら、ヒースを睨み上げた。

「人がせっかく作った雰囲気を壊すなんて、とんだ有能執事だな」

「少し、頭に血が上っていらっしゃるようでしたので」

「主家の娘の婚約相手、つまり将来お前の主人になるかもしれない人間にすることか？」

（ヒースが、オラルド様に逆らってまで助けてくれるなんて。一体、どうして――）

「当然です。婚約を予定しているからこそ何か不祥事がございましたら、お嬢様の、ひいてはブルーノ様と当家の品位にも関わりますから」

（……まあ、そういうことよね）

ヒースは、どこまでいっても執事なのだ――ヒースらしいけれど。

背後の通路で、ざわざわと人の気配が蠢き始める。舞台に視線を戻すと、整列した役者の最後の一人が、袖へと消えるところだった。

リーシャは少しだけ口をつけたグラスをヒースへ返して、そっとボックス席の幕の傍へと近づいた。

振り返ると、オラルドとヒースはまだ静かに視線を交わし合っている。

（本当ならもう一押し、嫌っていただけるように、オラルド様に何かしたいところだけど）

撤退も戦略のうちだ。リーシャは、取り戻したいつもの笑顔で、愛らしく小首を傾げた。

「オラルド様。今日はわざわざお付き合いいただいて、ありがとうございました」

「こちらこそ。リーシャロッテ」

不貞腐れた顔で椅子の背に頬杖をつきながら、オラルドが答える。

「せっかくですから、ご自宅までお送りしましょうか？」

「馬車は呼んでありますし、ご心配には及びませんわ。わたくしが先に退出いたしますから、オラルド様は後から一人でお帰りくださいね。まだ婚約は成立しておりませんので、無用な噂が立つとお困りでしょう」

「リーシャロッテは、そういうところは割と古風な性分なんですね」

「お嫌ですか？」

（そのまま嫌ってくださってもいいのよ）

オラルドは、一瞬考えるような素振りをした後、リーシャといい勝負の満面の笑みを浮かべた。

「いいえ、ちっとも。秘密の逢引のようで、それはそれで」

（この人、本当にへこたれないわね……）

こっちが先に音を上げてしまいそうだ。

タイミングを見計らうように、リーシャは幕の間から客の引ける様子をうかがう。

「ヒース、あなたはグラスを返してきて。馬車で落ち合いましょう」

ヒースが黙礼で返事をするのを見届けると、リーシャは完璧令嬢の顔になって、通路へと踏み出した。

リーシャが通り抜けていった幕に、ヒースはそっと手をかける。もう、そこにあの黄色のドレスを纏った彼女(かのじょ)の姿はない。

ヒースは幕を半分上げたまま、体を反転させて残された男に礼をした。

「それでは、オラルド様。私も失礼いたしま——」

「待て、ヒース。少し、俺(おれ)の話に付き合え」

返事をする前に、オラルドは椅子から立ち上がるとヒースの前に立つ。

身長はヒースの方がやや高いが、ほとんど変わらない。正面から、からかうような視線を投げかけられた。

「リーシャロッテ嬢(じょう)は、思ったよりも、おもしろい女性らしいな」

「おもしろい？」

この男は、何を言っているんだろう。

そう伝わるように、かすかに眉をひそめてみせる。けれど、オラルドは意地の悪い笑みを崩さなかった。

「てっきり、おもしろみのない、本当に完璧な女性かと思っていたが、日頃の評判は彼女の本質じゃない。さしずめ父親の、ブルーノ公爵(こうしゃく)のためというところだろう？　夫人を持たない貴族は、周囲が思っている以上に苦労するからな」

　その問いに、回答する権利など持ち合わせていない。

　黙ったまま冷ややかな視線で返すと、オラルドはおかしそうに肩をすくめた。

「でも、俺は余所行き(よそい)に整えられた顔よりも、さっき少しだけ覗いた、普通の彼女の顔の方が好みだな。日頃(ひごろ)取り繕(つくろ)っているからこそ、誰かのために見せる戸惑(とまど)った顔を、全部俺だけのものにしたくなる」

「何故(なぜ)、それを私に？」

「それを俺に言わせるのか？」

　全く、嫌な男だ。

　オラルドが、見せつけるようににやりと笑う。けれど、あくまで上品で、下卑(げび)た様子が全くないから不思議だ。

「あえて言うなら……ただ、どういう気持ちがするのかと思っただけだ」

　オラルドがグレーの瞳を細めながら、口を開く。言い聞かせるように、ゆったりと囁いた。

「ずっと見つめてきた女性が、他人と一緒(いっしょ)になるのを傍で見ているのは」

「……それは、ご質問ですか？」

「いいや、独り言だ」

　ヒースは、はあっとこれ見よがしにため息をつくと、上げかけた幕から手を離す。ボックスの中に薄暗がりが戻って、お互いの表情が遠退いた。

「オラルド様が、何をどう勘違いなさっているかは存じませんが、私は一介の執事です」

「だから――」

「つまり、貴方に比べて守るべきものも特にない」

鈍い音を立てて、空いた左手でオラルドの顔の横に手をつく。目を見開いた彼を射竦めるように、視線を投げた。

「リーシャロッテを泣かせたら、俺が許さない」

静かに、それだけを告げる。

「――お嬢様がお待ちですので、失礼いたします」

壁から手を離して、入り口の幕を再びはらりと捲る。もう振り返ることなく、ほの明るい通路へ進み出た。

(思ったよりも、時間を取られてしまったわね)
リーシャは、螺旋階段を下りながら、一階の出入り口へと急ぐ。
手早く馬車まで戻るつもりだったのに、通路で顔見知りの貴族に捕まってしまった。その姿を見た他の観客たちも集まり――。

いつものように一通りの挨拶を済ませるだけで、あっという間に時間が経っていた。

幸い、ボックス席にオラルドといたことはバレなかったらしい。もし気づかれていたら、きっと質問責めにあって帰るどころではなくなっていただろう。

早く馬車へ戻りたくて、足を速める。ヒースは、もう先に戻っているかもしれない。気にしないとは思うが、それでも待たせるのは申し訳ない。

何より、今日はもうくたくただ。早く家に帰って、ベッドに体を埋めたい。

結局、オラルドを困惑させて敬遠されるどころか、突然ヒースのことを問われて、こちらが動揺してしまった。

(しかも、うっかり迫られてしまうし……ヒースが助けてくれたからよかったけれど、破談に関しては何も進まなかったわね)

一階の絨毯に足を下ろすと同時に、どっと疲れが肩にのしかかる。首を横に振って、なんとか気合いを入れながら、心の中で言い聞かせる。

大丈夫だ。まだ婚約式までは十日以上あるのだから、また新しい作戦を考えればいい。

こういう時は、楽しいことを考えるに限る。

(帰りの馬車もヒースと二人だし。そう考えれば、今日という日もそこまで悪くないわ)

「リーシャロッテ様」

行く手から、か細い女性の声がして足を止める。劇場入り口脇に備えつけられた灯りの下に、深紅のドレスで着飾った女性が立っていた。

(あれは、先日のお茶会にいらしていた――)

「ごきげんよう。今日はお一人ですか？」

もしかしたら、少し浮かれていたのが顔に出ていたかもしれない。

取り繕うように、リーシャは一層ゆったりとした足どりで近づく。彼女は、春にしては
やや分厚いショールを羽織り、体の前でしっかりと手を組んでいた。

(逆光になっているせいかしら。顔色が悪いわ。もしかして、体調でも――)

声をかけようと、さらに一歩近づく。

その瞬間、目の前を銀色の光がさっと駆け抜けた。

(え……？)

驚いて、ふらりと後ろへよろける。口に当てようと持ち上げた扇の先に、一閃の裂け目
が入ってて、目を見開いた。

「なっ……」

視界の端で、深紅のドレスが一歩ずつ近づいてくる。彼女のショールがずるりと床へ落
ちると、ナイフの鈍い輝きが瞳へ飛び込んだ。

灯りを反射した切っ先が、じりじりと距離を詰めてくる。

(わたくしを、狙ってる⁉)

周囲の人たちは異変に気づいていないのか、軽やかに笑い合う声さえ聞こえる。けれど、
それは別の場所の音であるかのように、遠く聞こえた。

震える足で、後ずさる。けれど、踏み込んでくるナイフの方が早い。

喉が張りついて、声が出ない。

悲鳴を上げようとする前に——視界を黒いものが覆った。

その背に、後ろへと押し出される。ナイフが、毛足の長い絨毯に音もなく転がった。

「きゃああっ」

近くの夫人が上げた悲鳴が、ホールに反響して——。

はっと息を吐いた。

いつの間にか、絨毯の上にへたり込んでいた。音が聞こえないくらい、耳の奥がどくどくと鼓動している。

いつになく強く引かれた腕が痛い。

やっとのことで顔を上げると、ヒースが視線を彼女に向けたまま、脇から体を支えていた。

「お嬢様、お怪我はありませんか？」

「わたくしは、大丈夫……だけれど」

彼女は、腕をひねられて落としたナイフに、再び手を伸ばす。けれど、ヒースが一瞬早く、そのナイフを遠くへ蹴り飛ばした。

ナイフを取り損ねた彼女の手が、ヒースの襟に摑みかかる。

（危ないっ……！）

思わず前に出ようとして、ヒースに力強く後ろへ下げられる。ぎゅっと、瞳を瞑った。

真っ暗になった視界の中で、彼女の悲鳴が小さく聞こえた。

震えながら瞳を開ける。背後から腕を取り押さえられた彼女が、顔を歪ませて叫んだ。

「……オラルド様！」

オラルドは、手慣れた動作で彼女の腕を捻り上げて床に押さえつけると、動揺の入り混じった声を飛ばした。

「一体、何のつもりだ。こんな――」

「あなたの、オラルド様のためですわ！　リーシャロッテ様と、婚約すると聞いたから！」

（どうして、そのことを⁉）

誰にも話していないはずなのに。

遠巻きに見ている女性たちが、扇の陰で囁き合うかすかな声が聞こえてくる。

オラルドは、取り押さえていた彼女の手を放すと、自分の懐から護身用だろうナイフを取り出す。そしてそれを彼女の手に握らせ、切っ先を自分の腹へ向けた。

「オラルド……様⁉」

「私は、貴女の気持ちには応えられない。けれど、リーシャロッテは関係ない。貴女を拒絶したことがそんなに腹立たしいなら、そのナイフで今私を刺せばいい」

「そんな……オラルド様、そんなこと……」

震える手から、泣き崩れる彼女の足元へとナイフが滑り落ちる。それを合図に、警備の者が彼女を取り押さえようと、一気に群がった。

　気力の抜けきった彼女が、劇場の奥へと引き立てられていく。オラルドは、彼女の姿が通路の角へ消えると、多くの囁き声を浴びながらリーシャに駆け寄った。

「リーシャロッテ、大丈夫ですか⁉」

「え、ええ。わたくしは、なんともありませんわ」

　オラルドが、すぐさまリーシャの肩に手を回す。そっと、ヒースの腕の中から引き剥がされた。

「あのっ」

「ヒース、お前は下がれ。痛むだろ」

「……え？」

　呆然と目を見開きながらヒースを見返す。

　いつも表情を見せない顔が、わずかにしかめられている。だらりと垂れ下がった手。ジャケットの右袖の奥に覗く、真っ白なシャツのカフスは、気味悪いほど赤黒く染まっていた。

（血……⁉）

「ヒース。あなた、その傷」

「少し切れただけです。大したことはありません」

「そんな……わけないでしょう⁉」

ハンカチを取り出して、傷口に当てようと手を伸ばすが、ヒースの左手で押し留められた。

「よく手入れされたナイフでしたから、切り口もきれいです。問題ありません。それよりも、早くここを離れましょう。これ以上いるのは――」

当然のように注がれている視線に、息を呑み込む。周囲の貴族たちが、ナイフを振るった女性が口にした婚約話の真偽を、事件の経緯を問い質したくて、うずうずしているのがわかる。

貴族は噂話を糧にしているような人々なのだ。他家の動向が、自家にも関わってくるのだから、しょうがないのだけれど。

(なんで、こんなことに……どうして⁉)

混乱で青白い顔をしながら、無言で出口へと三人で足を向ける。外に出ると、夜気が露出した首元をひやりと冷やした。

オラルドは、リーシャを伴ったまま、馬車の戸を開けた。

「リーシャロッテは、私が送り届けましょう。ヒース、お前は私の馬車で医師のところへ行け」

「オラルド様の馬車で……ヒースを？」

突然の申し出に思わず繰り返すと、オラルドはリーシャへ向かって迷いなく頷いた。

「私の屋敷の隣に、懇意にしている侍医がいます。ここからだと、リーヴェン家へ戻るより、うちの方が近い。こんな時間でも、私の名前を出せばすぐに診てくれます」

「ですが」

「それに、私はあの女性と交際していたわけではありませんが、それでもブルーノ公爵に自ら事情を説明したいんです。そんなことで、貴女を危険な目に合わせたことを、許していただけるとは思っていませんが」

腕の中にリーシャを収めたまま、オラルドは、ジャケットをリーシャの肩にかける。そして肩に置いた手に力を込めた。

「オラルド様……」

「そこまで、貴方にしていただく必要はありません」

オラルドが肩に置いていた手が揺れて、リーシャの体がふらつく。顔をしかめたヒースが、オラルドの手を左手で摑み、正面からねめつけていた。

「貴方はまだ、お嬢様の婚約者になったわけではありません。それなのに——」

「だからだ。公爵の筆頭執事に、まだ婚約者でもない私のせいで、傷を残すわけにはいかない。何より、その状態でリーシャロッテを連れて帰れると？」

ヒースの反論を、オラルドがきっぱりと一蹴し、リーシャを守るように抱き寄せた。

ふらついた足を立て直そうとして、足元が視界に入る。くすんだ石畳に、まばらに黒い染みが落ちていた。

不安で総毛立つ。動揺で吐き気がして、口元を手で覆った。

「わかったな?」

有無を言わせぬ口調で、オラルドが言い放つ。ヒースは、自分の手元に視線を落としたまま、一瞬間を開けて頭(こうべ)を垂れた。

「……承知いたしました。ご厚意(こうい)に感謝します」

ヒースは、自分のハンカチの端を口で咥(くわ)えながら、器用に傷口を縛(しば)る。真っ白な布が、すぐにじっとりと血に染まった。

ヒースが、険しい顔のまま背を向ける。つんと鉄の臭(にお)いがリーシャの鼻についた。

「待って! それなら、わたくしもヒースと一緒にっ」

「いいえ、お嬢様は一刻も早く、オラルド様と屋敷にお帰りください。その方が、ブルーノ様もご安心なさいます」

「でもっ……」

「駄々(だだ)をこねないでください。いつもの完璧令嬢ぶりはどうなさったんですか?」

(心配も、させてくれないの……?)

私を守って、怪我をしたくせに——その言い方は卑怯(ひきょう)だ。

小さく息を吐き出して、呼吸を整える。先の削(けず)れてしまった扇をぐっと握りながら、自分のプライドにすがるように声を絞(しぼ)り出(だ)した。

「……助けてくれて、ありがとう。取り乱して、ごめんなさい」

「お嬢様が無事なら何よりです」

背を向けたままのヒースの言葉が、くぐもって聞こえる。その声は、いつもよりどこか優しくて、こそばゆい。

「リーシャロッテ、行きましょう」

オラルドに促されて馬車に乗り込む。振り返ると、ヒースはもう石畳を向こうへと歩き始めていた。

馬車に腰を下ろすと、つっと頬に涙が伝った。

顔を上げなければ、わからないだろうけれど。

「ヒースなら大丈夫ですよ。腕のいい医師ですから」

「ええ、ありがとうございます」

不安が勝って、オラルドに掛けられたジャケットを、リーシャはぎゅっと握り締めた。体を縮めると、自然と俯いてしまう。冷えきった体には、涙の方があたたかかった。

「お嬢様、持ってきましたよ～」

カラカラと、カートの音を立てながらライカがお茶と冊子を運んでくる。寝巻姿のリーシャは、読み耽っていた恋愛小説を脇に退けると、柔らかいベッドの上で身を起こした。目に眩しい午後の日差しが、窓から木の葉越しに降り注いでいる。

ゆったりと微睡むには、絶好の時間帯。

だが、こう心がざわついた状態だと有難みも半減だ。

(わたくしは怪我をしていないのに、お父様が心配だというから大人しくしているけど、さすがに飽きてきたわね)

ライカが持ってきた冊子をぱらぱらとめくる。リーシャロッテ製、貴族台帳だ。

「ありがとう、ライカ。早速、護身術の教師を探さないと」

「ええ!? まーた家庭教師増やすんですか?」

「だって、わたくしを庇ってヒースは怪我をしてしまったでしょう? もうこんなことは避けたいもの。それに、せっかく今は朝から夜まで予定も入っていないし」

「確かに、そうですねえ……」

ライカが、手紙の山が載った銀盆を差し出す。机の上にもすでに、いつもの倍近く、お茶会や晩餐会、夜会の招待状が山と積み上がっている。

リーシャは手紙を摘み取ると、片っぱしからペーパーナイフで苛立ち任せに封を切り裂いていった。

リーシャロッテとオラルドの、密やかな恋。

誰よりも早くリーシャに接触し、ことの真偽を確かめたい貴族の思惑でいっぱいだ。

あの一件は、あっという間にプラメリアの貴族の情報網を駆け巡った。

リーシャロッテとオラルドが一緒に劇場に来ていた——ところこそ発見されなかったも

のの、二人の間に何かがある、と信じるにはあの惨事は十分だったらしい。

犯人を取り押さえた鮮やかな手付き。堂々とした態度——。

オラルドの人となりは、水増し式に尾ひれをつけて、その評判をすっかり高めてしまった。

美男美女、身分も両方申し分なく、これ以上の組み合わせはないとまで囁かれている。

しかも噂では、身を挺してリーシャを庇ったのは、オラルドということになっているらしい。

（本当は、ヒースなのに……）

普通ならば、こんな不祥事を起こして——となるところだが、その後のオラルドの采配と、ブルーノへの直接の説明で、二人の婚約話は残念ながら事なきを得た。

もしあの場で、オラルドがまっ先に逃げ帰りでもしていれば。リーシャが怪我をしていれば。もしかしたら、破談にできたのかもしれないけれど。

運ばれてきた手紙の最後の一枚を取り出して、流し見する。

ぜひオラルド様とご一緒に——の一文を見つけて、ついぐちゃりと握り締めた。

「もう、なんでこんなことに？　まだ婚約式は終わっていないのに、これじゃあ公認の仲じゃないっ……」

父ブルーノもベネッシュ大公も、細心の注意を払っていたはずなのに。

リーヴェン家かベネッシュ家か。どちらかの家の者が、漏らしたに違いない。

使用人が友達にうっかり話して伝わったのか。それとも誰かに盗み聞きされたのか。

どちらにしろ、いい迷惑だ。

（その誰かが、あのご令嬢に伝えなければ、ヒースが怪我をすることもなかったのに）

「お嬢様、失礼します」

（この声！）

心がざわつく呼び声に、リーシャは血相を変えて、部屋をざっと見渡す。

いつもは外出する機会も多いし、別室で家庭教師と勉強の日々だから、私室にいる時間は意外と少ない。

けれど、ここ数日はずっと籠りきりだったせいで――。

（へ、部屋が散らかってる――!?）

「ら、ライカ！　あそこ、部屋の隅にある、握り潰しちゃった手紙を隠して！　あと、広げたままの衣装も！」

「ええっ、そんな無茶なあ」

ライカは急いで手紙の山に向かうと、手近にあった洗濯用の袋にごそっと詰め込む。

リーシャは、ベッドに広げていた恋愛小説の上に、ばたばたと枕を積み重ねた。

最後の枕を勢いよく叩きつけたところで、入り口のドアが音もなく開く。

部屋に足を踏み入れたヒースが、かすかに片眉を上げた。

「掃除中ですか？　少し埃っぽいような気がしますが」

「そ、そんなところかしら」
取ってもらった上着を羽織りながら、リーシャはヒースと視線を合わせないように目を逸らす。ジャケットの袖口から覗く大きな手を、つい注視した。
「……傷の具合はどう？」
直視するのも、胸が痛む。けれどヒースは表情を変えぬまま、白い布に巻かれた手を軽
く上げてみせた。
「ご心配をおかけして、申し訳ありませんでした。もう仕事には支障ございません」
(わたくしが心配しているのは、仕事ではなくてヒースなのだけど)
いつも通りの、感情の読めない声。顔色は悪くないし、動きにぎこちなさもない。
完治はしていないものの、支障がないという言葉は本当なのだろう。
(でも、油断はできないわ。侍医にも、継続してしっかり治療するようにわたくしから言
っておかないと)
「ところで、一体何の用？」
「今日の夜、ブルーノ様にご報告申し上げることがあります。お嬢様にも事前にお伝えし
ておこうかと」
リーシャは、ベッド脇にあるソファに腰かける。向かいに座るよう勧めたものの、ヒー
スはそれを丁寧に固辞した。
「実を言うと、私はブルーノ様から、ある調査を仰せつかっていました。オラルド様がリ

ーシャロッテお嬢様の伴侶として相応しいのか、調べるようにと」

「それで一時的に、わたくし付きになったのね？」

確かに、そう言われれば納得だ。

前任のヴィンセントが引退してから、リーヴェン家の執事としての仕事は全て、ヒースが担っている。

執事は家の要。それをリーシャ専属にするのは、一時的にでも不自然には思っていた。

（それにしても、娘の婚約者を見定めさせるなんて、ヒースはもしかして、わたくしより信頼されているんじゃなくて？）

「もちろん、お嬢様の補佐をするという理由もございました」

おもしろくなさそうに目を伏せるリーシャに、ヒースは淡々と告げる。

「オラルド様は、遊び心を多分にお持ちの方ではありますが、根は真面目なようです」

（まあ、そうね）

リーシャも、ヒースの言葉に大人しく頷く。

事前情報で聞いていたよりも、オラルドは誠実な男だろう。

しかも、華やかで品のある美男。貴族としての教養も兼ね備えているし、知識も豊富だ。

世間でいう、完璧な――。

ごくり、と息を呑む。ヒースの声は、さっきから全く抑揚がない。

「劇場で彼女を取り押さえた手際も見事でした。お嬢様とブルーノ様に配慮しつつ、使用人である私も気遣う、とっさの判断力もお持ちです。その後当家に、わざわざ謝罪のお手紙や贈り物も届けてくださいましたし――」

「……それで？」

その先の言葉は、言われなくてもわかっている。

リーシャは膝の上に載せた手で、寝巻をぎゅっと握り込む。少しでも、衝撃に耐えられるように。

「私は、オラルド様はお嬢様のお相手として相応しいと、ご報告するつもりです」

余韻を残しながら、部屋が静寂に包まれる。

ヒースは、ドアの前に立ったまま、微動だにしない。壁際で衣装を片づけていたライカも、無言のまま動きを止めていた。

「――そう」

小声で呟いて、手から力を抜く。俯くと、ヒースの声が言い聞かせるように響いた。

「私は、通常の業務に戻ります。お嬢様の婚約式の準備はお手伝いいたしますが――」

「大丈夫よ。わたくしだけで、問題なくこなせるわ。ヒースは、お父様の仕事を手伝いなさい。長く離れていたから、お父様もお困りでしょう」

「……承知いたしました」

ヒースの靴音に続いて、ドアが閉まる音がする。駆け寄ってくる足音に顔を上げると、テーブルの向かい側からライカが身を乗り出していた。

「お……お嬢様、大丈夫です……？」

「大丈夫。大丈夫よ……なんとか」

（思いっきり、傷ついたけれど！）

ヒースの反応は当然と言えば当然だ。確かに、あの時のオラルドの判断も行動も、正しかった。採点するなら、満点にさらに加点するほどだろう。

（お父様に仕える執事としては当然の判断でっ……）

だからといって、素直に頷けるわけではないけれど。

リーシャは、ソファにずるずるとみっともなく身を沈める。この柔らかさにでもすがらないと、やっていけない。

一体、ヒースに何度心を折られればいいのだろう。でも、ここまできたら、もう意地だ。

（絶対に、婚約を破談にする糸口を、一人で見つけだしてみせる……！）

「ライカ。七日分の旅行用の荷物を準備してちょうだい」

リーシャは、むくりとソファから立ち上がると、手紙の山を脇によける。机から引っ張り出してきた便箋を、真ん中に広げた。

「七日分って、そこそこの量になりますけど。どうするんです？」

「こうなったら、相手の懐に……飛び込むわ」

（わたくしは、何だって完璧にできるまで練習するくらい、諦めが悪いんだから！）

便箋の一番上に、ペンを載せる。唯一信頼できる人物の名前を、リーシャは滑るように書き記した。

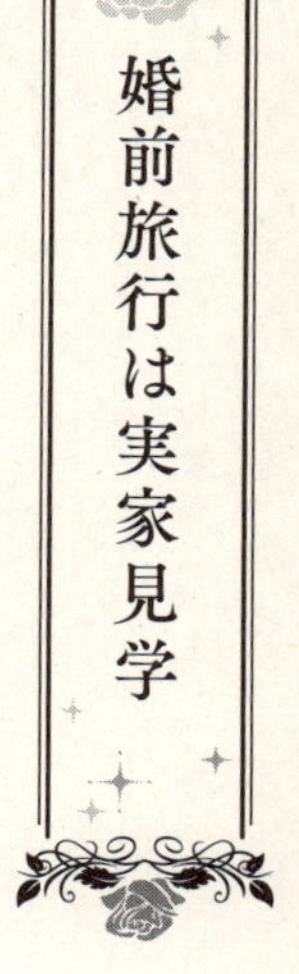

4 婚前旅行は実家見学

春物の薄手の綿のドレスだと、少し肌寒く感じられる。

(ベネッシュ領は、プラメリアとは湿度も気温も違うわね)

後で一枚羽織を出そうと考えながら、リーシャは入り口の階段を下りきった。

「リーシャロッテお嬢様、いかがでしょう？」

別荘を一通り案内し終えた初老の執事が振り返る。リーシャは、携えた傘に手を添えながら、優雅に微笑んだ。

「申し分ありませんわ」

高原の中に建つ朝露に濡れた別荘が、午後ののどかな光を浴びて艶々と輝いて見える。壁の煉瓦は、少しだけ湿って、落ち着いた色をしていた。

父ブルーノの姉で唯一の親族——伯母のマリアが所有しているベネッシュ領内の別荘。

息抜きの休暇を目的にして建てられた別荘は、気心の知れた使用人しか連れてこない想定なのか、こぢんまりとしている。部屋の数も、両手で足りるほどしかない。

(けれど、今回はライカとわたくしの二人だけだし、むしろ広すぎるくらいね)

「こんなに素敵なところをお借りして、伯母様にはなんて申し上げたらよいか」

「奥様は、お子様がいらっしゃいませんから。リーシャロッテ様のことを、本当の娘のように可愛がっておいでです。お嬢様のお言葉を伝えたら、さぞお喜びになるでしょう」

そのうち、奥様に会いにいらしてくださいね、と執事は人が好さそうに笑った。

「ですが、リーヴェン家の別宅をご利用にならなくて、よろしかったのですか？　もっと街中の方に、ここの倍以上のものがあったように記憶していますが……」

「広い屋敷を使うと、それだけ人がいりますもの。これくらいで、ちょうどいいですわ」

自分の勝手な理由で、家の者を大勢連れてくるのは忍びない。

それに、街中の別荘を使えば、すぐに近隣の貴族に知られてしまう。それでは、お忍びでやってきた意味がない。

「……プラメリアは今、多少窮屈でらっしゃるでしょう。ここで羽をお伸ばしください」

訳知り顔で執事はそう言うと、別荘の前に停めていた馬車へと乗り込む。深々とリーシャに頭を下げながら、今来た高原の道を南の方へと戻っていった。

侍女風の服装に身を包んだライカが、入れ違いに別荘の入り口にある階段を下りてくる。

「お嬢様。荷物の運び込み、終わりましたよ」

「ごめんなさい、ライカ。何から何まで」

「いいですよ。あたしも、旅行って新鮮で楽しいですし」

外出が決まってからうきうきと準備を進めてきたライカが、歯を見せて、にかっと笑った。

ヒースからオラルドの調査を告白された後。

リーシャは高級官僚も真っ青な勢いで、全ての手紙の返事を出し終えた。

波風が立たないように、穏便なお断りの手紙を。

そうして、やるべきことをやってしまってから、帰宅したブルーノを捕まえて頭を下げた。

「わたくし、一人で旅行に行きたいと思います」と。

ブルーノも、こう噂が立っている状態だと、プラメリアに居づらいのだろうと解釈したらしい。あれこれと用意していた言い訳を使う前に、すんなりと許可を出してくれた。

行き先は、伯母のマリアに伝えていると言って、濁しておいた。

今回の旅行は、「婚約する前にできる気楽な最後の旅行」と使用人たちには説明してある。

けれど実際のところ、ただの一人旅ではない。

オラルドとの婚約を破棄するための――作戦のうちだ。

（いくらヒースに最終宣告をされても、わたくしは、まだ諦めたわけではないんだから！）

「とにかく、ここべネッシュ領で、誰が婚約の情報を漏らしたのか、探りましょう」

オラルドに横恋慕していた令嬢は、リーシャがことの責任を問わなかったことで、西部のヴィノリー領にある、王都から遠く離れた別宅で謹慎となった。

「何度か彼女と仲の良いご令嬢から聞いてもらったけれど、結局舞踏会で偶然耳にしたとしか話さなかったそうだし――」

しかも、彼女は話していた人物が誰だか覚えていないと言い張っている。

共通の知り合いである令嬢に探りを入れて、彼女が最後に出席していたのは、ベネッシュ領の中心地に近い侯爵の家で行われた舞踏会だということまでは突きとめた。

おそらく、ベネッシュ領内で婚約の情報を知ったことは間違いないはずだ。

「もちろん、うちの使用人の誰かが漏らした可能性もなくはないけれど――怪しいのは、ベネッシュ側よね」

もしかしたら、ベネッシュ家にも、婚約を快く思っていない人がいるのかもしれない。

（それがわかれば、破談を進めやすくなるはずよ）

リーシャは日傘を差すと、別荘を背に街へ向かって歩き出す。

「すぐに浮かぶのは、大公、夫人、執事のウィスリーに、兄であり次期大公のフィリップ様。あとは一応、オラルド様ご本人……というところだけれど」

「でも、今のところみーんな今回の婚約には賛成なんですよね？」

「おそらくね。まだ、フィリップ様には会ってみないとわからないけれど」

自宅から持参したベネッシュ城近郊の地図を広げて、睨みつける。ちょうど中心に、ベネッシュ大公の城が描かれ、周囲にぐるりと城下町が広がっていた。

リーシャたちが滞在する別荘は、城下町の南。ちょうど、地図が切れた端のあたりだ。

「今日は、そのフィリップ様と、お忍びで面会の約束を取りつけたし。そこから、令嬢に婚約の話を知らせた人物の手がかりだけじゃなくて、オラルド様のことも何か探り出せるかもしれないわ。あまり知られていない不都合な情報とか……」

「実は隠し子がいたとか、二重人格で地元ではめっちゃ評判悪いとか！」

「ま、まあ、そうね……」

「次期大公様かあ～。緊張しちゃいますね」

横に並んだライカが、言葉とは裏腹にのんきな声を出す。身を縮めながらジャケットの前を合わせた。

「にしても、ベネッシュ領って初めて来たんですけど、思ったより寒いですねえ。冬に野宿なんてしたら死んじゃいそう」

「八大領の中で、三番目に寒い地方ですもの。その代わり、冬の雪の時期以外は滅多に大荒れしない、穏やかなところよ」

「寒いのは困るけど、人が少なくてのびのびできそうですね。ここなら、あたしもお嬢様のお手伝いだけだからいつもよりラクだし。しかも、ヒースさんの目もないから、ばっちりサボれ――あ」

いけない、とばかりにライカが、口に手を当てる。明後日の方を向いて、乾いた笑い声を出した。

「えーっと。ヒースさん、どこ行っちゃったんでしょうね。お嬢様が旅行に出発する当日も、見送りに来ませんでしたし……」

「さあ。どうせ、どこかでお父様の特別なお仕事でもしているんでしょう」

リーシャは、ライカしかいないのをいいことに、思いっきりむくれる。道に転がった小石を、歩きやすさを重視して選んだブーツの先で、少しだけ弾いた。

ベネッシュ領への出発の日、ヒースはリーシャの前に、一切姿を見せなかった。

正しくは、旅行へ出かける数日前から、彼を見かけた覚えがない。

リーシャ自身も、衣装の注文など婚約式の準備を進めながら、急遽決めた旅行の手配に忙しくて、あまり気にしていなかったけれど——。

(でも、婚約の話が持ち上がる前だって、顔を合わせない日はあったわよね)

物思いにふけりそうになって、リーシャは小さく首を横に振る。

今はヒースのことよりも、目の前の破談だ。

城下の検問を通り過ぎ、中に入る。雪の汚れが染みついているのか、鈍い色になってしまった赤レンガの家々が、ひしめくように並んでいた。

「お嬢様。あたし、フィリップ様との待ち合わせ場所を確認してきますね。多分わかると思いますけど、間違えたら大変だし」

「あ、ライカ。人に名乗るときは——」

「わかってますよ。ちゃんと偽名を使いますってば」

にかっといたずらっ子のように笑いながら、ライカは露店が並んだ広場へと走っていく。

（あの様子じゃ、名前を変えなくても、とても侍女には見えないわね）

くすくすと小さく笑いながら、リーシャはライカが行った方へ背を向けると、広場の脇に並んだ店に、さっと目を通した。

立派なひさしのついた店から、庶民向けの粗雑な作りの店まで、ずらりと並んでいる。城下町の南側は、どちらかというと観光客向けの区画らしく、小じゃれたカフェや特産品店が大半を占めていた。日傘を差したまま、店の軒へと近づく。

（ライカが戻るまで、街の人からオラルド様の噂話でも聞いてみようかしら。隠し子は無理でも、愛人なんかいたら助かるのだけど……）

「──それは、こちらへ積んでもらえますか？　残りは、後で別の荷台を送りますので」

耳になじんだ声が聞こえて、絹織物に伸ばした手が、勝手にぴたりと止まる。知らず、ごくりと息を呑んだ。

（今の声）

さっき、聞きたいと思った声。けれど、その人がここにいるはずがない。

不安を胸に顔を上げる。下働きの青年だろうか。お仕着せの制服を着た男数人が、店の主人と話している。都合がついたのか、道の角へとゆっくり立ち去り始めた。

その中の、背を向けている──黒髪の青年。

（まさか）

気がつくと、走りだしていた。

スカートの長い裾に足を取られながら駆ける。バランスを崩しかけたのを、なんとか踏み止まって、速度を上げた。

(なんで、なんでこんなところに⁉　でも、間違いない。あれは──)

前も確かめずに、勢いのまま角を曲がる。数十歩先へと進んでいた背に向けて、思いっきり叫んだ。

「ヒースっ……！」

石畳の道に、張り上げた声が反響した。

列の一番後ろにいた黒髪の男が、ゆっくりと振り向いて──目を見開いた。

いつもはさらりと流している髪を、大きく前から撫でつけている。雰囲気はいつもと違うけれど、間違いない。

薄い唇が、かすかに動く。けれど、隣にいた男に小突かれて、すぐに口を閉じた。

「なんだ、知り合いか？　前のお屋敷のお嬢様とか？」

「……ああ。少し、挨拶してくる。先に戻っててくれ」

駆けてきたヒースに、ぐいと無理矢理腕を摑まれる。そのまま、押し込まれるように細い路地に入った。

壁が、どんと背中に当たる。驚いて細めた目を、なんとか開くと、ヒースが覆い被さるように顔を覗き込んでいた。

強く肩を摑まれて、身動きが取れない。

薄暗い路地だと、ヒースの瞳はさらに黒く見える。怯えた自分の顔が映った瞳を、人形のようにじっと見返した。

「お嬢様。なんでこんなところに貴女がいるんですか!?」

「あの、わたくしは……」

喉が動かなくて、震えたような声が出る。ヒースが、はっとしたように手の力を緩めた。肩に感じていたぬくもりが、消える。

ヒースが、口元を押さえながら一歩後ろへ下がった。

「……申し訳ありません。少々、驚いたものですから」

「お……どろいたのは、わたくしの方よ。どうして、こんなところに？　その上着の裾に入っている刺繡は、ベネッシュ家の紋章よね？　もしかして、うちを辞めて――」

「そういうわけではありません」

ヒースは、肩から息を吐き出して気を取り直すと、困ったような顔で髪をかき上げた。

「……ブルーノ様のご命令で、ベネッシュ家の内情を探りに来ているんです。先日、オラルド様に関してはご報告申し上げたのですが、実家の様子も知りたいとおっしゃるので」

「お父様が、そんなことを？」

（わたくしには、何も言ってくださらなかったけど……）

また、ヒースと二人で秘密の話をしたのだろうか。そう考えると、自分が信頼されていないようで、少し腹が立つ。

リーシャは、自分の腕をきゅっと摑むと、眇めた目でヒースを見上げた。

「それで、ベネッシュ家に潜り込んでいるの？　よく貴方だとばれなかったわね」

「さすがに大きな城で、使用人の数も桁が違いますから。それに、幸い先日お目通りした執事のウィスリー様は財産管理と大公の予定管理が主で、面接はメイド長でしたので」

（それはヒースなら、どんなメイド長も一も二もなく採用するでしょうけど……）

髪を上げているせいか、いつもより逞しい首筋に目がいってしまう。リーシャは、慌てて視線を石畳へと落とした。

一瞬、肝が冷えた。

他家の衣装を着たヒースを見るだけで、胸の中で不協和音が鳴る。

考えたことがなかったけれど――ヒースがずっと、家にいる保証などないのだ。

「……もしかして、リーヴェン家に仕えるのが嫌になってしまったのかと思ったわ」

「とんでもありません。私の主人は、ここまで育ててくださったブルーノ様だけです」

（この即答っ。お父様、本当にヒースに愛され過ぎなんではなくて!?）

「どこから漏れるともわかりませんし、ご心配をおかけしないようにお嬢様には内密にしていました。まさかこのような形で、知られてしまうとは思いませんでしたが」

頭に鋭い視線を感じて、こわごわ顔を上げる。さっきまで動揺していた表情はすっかり消えて、いつもの感情の見えない冷静な眼差しが向けられていた。

「それで、お嬢様はなぜここにいらっしゃるのですか？」

「あっ、ええと……」

ヒースが、狭い路地の中で一歩距離を詰めてくる。リーシャはじりじりと背後に下がって、再び壁に背を当てた。

「今頃、婚約式の準備に奔走なさっていると思っておりましたが？」

「婚約式の準備はきちんと進めているわ。装飾に関する指示は出し終えたし、当日に着るドレスも誂えたし、必要なものの手配は済ませたもの。だから」

「だから？」

（だから、婚約を破棄するための材料を探しに、こんなところまで来たとは言えないじゃない！）

するすると、扇を広げて口元を隠す。言い訳がましいけれど、他にいい言葉はなかった。

「……最後の気ままな旅行よ。婚約してしまえば、一人で行きたいところへ出かけるのも、今以上にままならなくなるでしょう」

「それで、行きたいところがベネッシュ領だったと？」

「……オラルド様のご実家を、一目拝見しておいた方がいいかと思ったの」

「そうですか」

ヒースが、横目で路地の入り口を確認する。建物の陰から、ライカのスカートの裾がちらりと覗いていた。

「住まいは、大方、伯母のマリア様にでもお借りしたのでしょう。南にある小さな別荘ですか？　全く、マリア様はお嬢様に甘すぎる。困ったものですね」

うんざりしたようなため息が、リーシャに降り注ぐ。冷えきった視線に射抜かれて、体がびくりと震えた。

「プラメリアから、ここにいらっしゃるだけで丸一日以上かかったでしょう。もう、十分羽は伸ばされたはずです。屋敷にお戻りください」

「でもっ、今日到着したばかりなのよ？　それに、四、五日は戻らないつもりで――」

「そのご負担は、一体どなたが背負われるのですか？」

「お父様は、いいとおっしゃったわ！」

「お嬢様が強く願われれば、ブルーノ様は否定なさいませんから」

「――っ！」

（わたくしの、わたくしのわがままだってこと……⁉）

確かに、わがままには違いない。

自分は今、リーヴェン公爵家の女主人だ。母の代わりをしている自分がいなければ、父は屋敷の用や社交を一手に引き受けねばならない。しかも、仕事から帰宅してから。

（けれど、わたくしは完璧令嬢になろうと決めた時から……一度だって、わがままを言ったことはなかったわ）

自分の勝手で、旅行に出たこともない。

出たくない社交にも、一度も嫌な顔などしたことはない。

全て我慢してきたのに。

(このまま屋敷に戻ったら、もう婚約はなかったことにできないのに)

「早く家に帰って、婚約の準備を完璧にしろ……ということ?」

自嘲のような呟きは、恥ずかしいくらい震えていた。

ヒースが、黒い切れ長の瞳を静かに閉じる。抑揚のない声が、路地に響いた。

「──それが、お嬢様の幸せのためですから」

「……っ」

(わたくしの、幸せ? オラルド様との婚約が? ヒースのことを、きっぱり諦めて?)

悔しくて、息が詰まる。かきむしりたくなるほど、胸が苦しかった。

もしも相手が他の令嬢でも、ヒースは同じ言葉をかけるだろう。そうに違いない。

だったら──。

「早くお戻りください。そうすればブルーノ様もご安心なさ──」

手袋をした手を、ヒースの口元にさっと翳す。ヒースの忠告は、最後まで繋がることなく、途切れた。

どん、と勢いよく両腕を突き出して、ヒースを遠ざける。顔も見ずに、路地の奥へ向き直って背を向けた。

「──下がりなさい、ヒース」

感情を抑えた声で、敢然と言い放つ。

会話術の家庭教師に習ったままに、人に舐められないための声音で。

「わたくしには、あなたの言うことを聞く義務などないわ」

「……失礼いたしました、リーシャロッテお嬢様」

背後で、ヒースが頭を下げる気配がする。石畳に砂が擦れる音がしたかと思うと、段々と靴音が遠ざかる。

はるか先で、くぐもった彼の声が聞こえた。

「ライカ。お嬢様を、無事プラメリアまでお送りするように。わかったな」

「は……あ」

足音が消えて、路地がしんと静まり返る。みっともなく足の力が抜けて、その場に膝をついて座り込んだ。

こちらの気持ちを知らないからって、あんなふうに決めつけるなんて。

あんな勝手に、冷たい態度で。

不思議と涙は出てこなくて、代わりに自分の語彙の中で数少ない罵倒語から、たった一つを選び取った。

ヒースの――。

いや、本当はわかっている。

「……わたくしの、ばか」

「西の城門から数えて五番目だから、多分この橋……ですよねえ」

ライカは、リーシャの広げた地図と目の前にある蔦の絡まった橋を、交互に見比べた。先ほど見ていたのとは別の地図。オラルドの兄であるフィリップから、面会の返答に同封されてきたものだ。

城下町から外れた西側の川にある小さな橋。その一つに、赤く丸がつけられている。

城門から、歩き続けて一刻。道はそれなりに舗装されてはいるけれども、馬車で通るのがやっとの道幅だ。いつの間にか、人通りもすっかりなくなっている。

辺りには、のんきな釣り人くらいしかいない。

けれど、身の危険を感じることもないので、治安は安定しているのだろう。

リーシャは、川面を眺めながらぼうっとため息をつく。ライカが視線をあちこちへ逃がしながら、苦笑いをした。

「そ、それにしても、びっくりしましたねえ。こんなところにヒースさんがいるなんて！」

「ヒースはお父様の執事だもの。お父様が言えば何でもやるわ」

「あーもう、お嬢様、元気出してくださいよ。そりゃ、ヒースさんのあの発言は血も涙もない感じでしたけど！」

「そうね。血も涙もなかったわね……」

「あああ、って、そうじゃなくて！」

ライカが、巻き上げた黒い髪をくしゃくしゃと掻く。困り果てた様子に、リーシャは一つ息を吐いて顔を上げた。

（落ち込んでも、しょうがないわよね。ライカにも、心配かけてしまうし）

「えぇっと！　それにしてもその……なんで街の中じゃなくて、ここで待ち合わせなんですか？」

「きっと、わたくしが手紙に『人目を避けてお会いしたい』と書いたから、配慮してくださったのよ」

評判がすこぶるいいとはいえ、リーシャはただの一貴族の娘だ。対して、フィリップはベネッシュ大公の跡継ぎ。城下でなら、顔を知らぬ者など絶対にいないだろう。

（それに噂では、フィリップ様は変わった方だそうだし。むしろ、会ってくださるだけで幸運かもしれないわ）

婚約が決まった時にヒースから渡された資料には、オラルドのことだけでなく、当然のように兄であるフィリップのこともまとめられていた。

そこに並んでいた文字は、おおよそ貴族らしいとは言えない。

「奇人」「一風変わった」「寡黙」「無口」。

どう考えても、問題がある単語がひしめいていた。

(婚約相手がフィリップ様だったら、破談にするのも簡単だったのに……)

リーシャは川へと視線を落とす。先ほど見かけた釣り人が、相も変わらず黙ったまま、一人で竿を垂れていた。

(あの方に聞いてみましょう。もしかしたら、待ちくたびれてお戻りになったのかも)

リーシャは手早く傘を畳むと、川沿いの土手へと近づく。舗装された道から一歩踏み出すと、ブーツの下で草が音を立てた。

「あの、お忙しいところ失礼いたします。ここで、どなたか――」

「お嬢様、足元！」

「え？」

はっと、足元に視線を向けた瞬間、手首よりも太い何かが、するりと草の間をすり抜けた。

(……蛇!?)

「きゃあっ」

下がろうとして、足が滑る。ぐらりと、体が前に傾いていた。

(すべっ――)

土手に顔から突っ込みかけて、ぎゅっと目を瞑る。体を支えようと突き出した手は、あまり手触りのよくない粗い布地に触れた。

恐る恐る、目を開ける。

下にあるのは、石ではなくて——ほんのりとぬくもりを感じる人体だ。

「ひっ——」

慌てて身を起こすと、リーシャの下敷きになった釣り人が、首の後ろで一括りにした長い髪を乱しながら、のそりと起き上がった。

「あっ、ありがとうございます！　お怪我は？　どこか痛むところはございませんか⁉」

「……どこにも、怪我はありません。ご心配なく」

辺りに、抑揚のない低い声が響く。

身を起こした男は、近くで見ると思った以上に背が高い。

長身を折り曲げて、男は何事もなかったかのように立ち上がると、リーシャの手を引いた。

「あの、何かお礼を……」

「結構です。何かをもらうほどのことはしていない。それに、ここで人を待っているので」

服から土を払うと、男は肩より少し長い茶髪を後ろへ払う。顔にかかっていた前髪から、物静かな瞳がわずかに覗いた。

奥の見通せない緑がかったグレーの瞳が困ったように細められている。すらりと鼻筋の通った顔立ちは、端正と言っていい。

（この顔、あらかじめ見てきた肖像画にそっくり。何より、オラルド様に似ている……！）

どこからどう見ても、ただの釣り人だけれど。

なぜ、こんなところで次期大公が釣りなんて？　という疑問は喉に押し込んだ。

「もしかして、フィリップ様……でいらっしゃいますか？」

リーシャは、ごくりと息を呑む。男はかすかに首を傾げると、細めていた切れ長の目を緩慢に開いた。

「……リーシャロッテ・リーヴェン嬢？」

（な、なんて最悪の第一印象を与えてしまったの⁉）

リーシャは引きつった笑みを浮かべながら、わずかに土のついたドレスで、そっと頭を垂れた。

フィリップの投げた浮きが、ぽちゃんと小さな水音を立てる。

ハンカチを敷いて手近な石に腰を下ろしたリーシャは、その浮きを眺めながら、視界の端でフィリップを捉えた。

フィリップ・ベネッシュ。ベネッシュ領の次期大公――。

（……全然、しまりがないわね）

顔立ちは――特に、目元がオラルドと似ている。窮屈そうに体を曲げている様子からみると、背はおそらくフィリップの方が高いだろう。物静かな雰囲気ではあるが、頼りないというものではなく、服の上からでもその体が鍛えられているのはわかった。けれど、オラルドのような華やかな雰囲気は微塵もない。むしろ、こう言ってはいけないのかもしれないが——ひどく地味だ。

(多分、今着ている服のせいもあるとは思うのだけど……)

不躾とは思いながらも、フィリップの姿を上から下までじろじろと見つめる。

庶民らしい、生地の粗い活動服。使い込んでいる様子からして、実際によく着ているに違いない。

簡単な挨拶を済ませると、フィリップはリーシャに腰を下ろすように促して、また釣りを再開してしまった。しかも、一向に何もかからない。

(一体、なんで釣りを再開したのかしら？　もしかして、これも高度な交渉術!?)

けれど、呑まれるわけにはいかない。ここで何かを掴まなければ、後はないのだ。

(まずは、初対面の警戒を解いていただいて……)

リーシャは、釣り竿へ視線を向けたままのフィリップに、無敵の笑顔を放った。

「先日の結縁には、おいでいただけなくて残念でしたわ。けれど、こうしてお会いできて光栄です」

「………………」

二人の目の前で、魚がぱしゃんと水面に跳ねる。けれど、浮きに寄りつく様子は全くない。

「急に押しかけてきてしまって、申し訳ありませんでした。どうしても、オラルド様との正式な婚約の前に、お会いしたかったものですから」

「………」

「大公と夫人に内密にしていただいて、ありがとうございます。わたくしが来たと知ったら、お二人は気を遣(つか)われるでしょうし」

「………」

「その釣りの服装は、変装なのですか？」

（そろそろ、何かお答えになって！）

「……これは、私の趣味(しゅみ)だ」

フィリップが、吐き出すように呟(つぶや)く。口調は似ても似つかないけれど、声音だけは、オラルドのそれにとても似ていた。

「リーヴェン嬢。その――」

「リーシャロッテとお呼びいただいて結構ですわ。フィリップ様」

「それでは、リーシャロッテ。わざわざご足労いただいたことには、感謝している。だが、私には貴女と話すことは、特にない」

（なんというか……本当に率直(そっちょく)ね）

　話すことがない、なんて面と向かって言われたのは初めてだ。有(あ)り体(てい)に理解すれば、話したくないということと同義になる。

人との縁故で成り立つ貴族社会では、禁句にも等しい。おそらく、家庭教師から対応は叩き込まれているだろうが、表面上の付き合いが心底苦手なのだろう。

けれど、この程度でへこたれるようでは完璧令嬢とは呼ばれない。

むしろ、率直な方が話しやすくさえある。

「それでも構いませんわ。わたくしが、一方的に会いに来たのですから」

再びフィリップが押し黙る。二人の間に、静かな春風が吹き抜けた。

「フィリップ様は、釣りがお好きなのですね。ベネッシュ領は、自然が豊かですし、さぞたくさん釣れるでしょう?」

「……私の場合は、魚目当てではない。なにせ、籠も持ってきていないからな」

「え?」

辺りをきょろきょろと見回すけれど、確かにフィリップは竿以外何も持っていない。リーシャは、ひっと顔を引きつらせた。

「申し訳ありません。釣りは、あまり経験がないので……」

「完璧令嬢でも、知らないこともあるのだな」

フィリップが、声を上げずに笑う。子どもをあやす親のような穏やかな笑顔に、つい見入った。

(変人と聞いていたけれど……案外普通の方じゃない)

世間一般の話題に興味を示さないから、気難しいと思われているだけなのかもしれない。

受け答えもきちんとしているし、笑顔も素敵だ。

「なぜ、釣りをなさるのですか？」

「私の場合は、もっぱら考え事だ。こうしていれば、誰にも邪魔されない。それに、こうやって時間を過ごすには、ベネッシュ領は最適だ」

「本当に、のどかでいいところですわ。自然も美しいですし」

「他に見るところはないがな」

「まあ。そんなこと」

「だが、なぜだか落ち着く。自分の故郷をこういうのはおかしいかもしれないが、和やかで、心安らぐ場所だ」

（オラルド様が言っていたことと同じね）

見た目や雰囲気は違うけれど、口ぶりまでそっくりだ。リーシャは、ついおかしくなってくすりと笑った。

「やはり、フィリップ様とオラルド様はよく似ていらっしゃるんですね」

「なぜだ」

「オラルド様も、先日ご一緒した時に、ベネッシュ領のことを同じようにおっしゃっていましたから」

「……オラルドが？」

フィリップが、怪訝な顔でやっと振り向く。数度瞬きをしてリーシャを見たものの、小首を傾げながら再び竿に目を戻した。

（あら？）

「オラルド様も、よくご一緒に釣りを？」

「……昔はな」

「思い出話など、ぜひお聞きしたいですわ」

（具体的には、オラルド様がしでかしたとんでもないこととか！　一生ものの恥とか！）

「思い出話は――ない」

「えっ」

「オラルドとは兄弟だが、ただそれだけだ。ここ数年はろくに話もしていない。そういうことは、他の人間をあたってくれ」

そう言ったきり、フィリップは再びだんまりを決め込む。

（……おかしいわね。観劇の時、オラルド様はフィリップ様のことを楽しそうに話していらっしゃったし、仲がいいならお話が盛り上がるかと思ったのに）

それきり二人の間に沈黙が落ちる。二の句を継ぐ様子は、微塵もない。

（話題の選択を間違えたかしら……）

フィリップは、投げていた浮きを引き寄せる。釣り糸を器用に竿に巻きつけた。

「他に聞くこともないなら、私は失礼する」

（……まさか、もう帰るつもり!?）

片づけを始めたのだと気づいて、にわかに慌てる。

（そっ、そんな！　仲が悪いなら、かえってオラルド様のあれやこれや悪行を教えてほしいのに！）

何より、大切なことを聞いていない。

リーシャは、思わず上ずった声を出した。

「その、フィリップ様はわたくしとオラルド様の婚約を、どう思っておいでなのでしょうか。結縁にいらっしゃらなかったので、もしかして反対しておられるのではと」

「まさか。大賛成だ」

フィリップは、竿を持つと音もなく立ち上がる。フィリップの視線が、観察するようにリーシャの顔を舐めた。

「結縁に顔を出さなかったのは、人付き合いの苦手な私がいない方が、事が円滑に進むと思ったからだ。オラルドがベネッシュ領から出ていくのだから、これ以上喜ばしいことはない。勝手に、むしろ早く進めてくれ」

（ええっ、そうなの!?）

「そうですか、ありがとう存じます」

結縁にも顔を出さなかったから、てっきり婚約に反対しているのではないかと期待していたのに。

（婚約に賛成ということは……令嬢に情報を流したのは、フィリップ様ではなさそうだけ

れど)

フィリップが、釣り竿を肩に担いで土手を上り始める。リーシャは、はっと思考を取り戻して、きょろきょろと辺りを見回した。

(って、本当に、それだけしか話してくださらないの⁉　せっ、せっかくベネッシュくんだりまで来たのに!)

社交性云々を通り越して、取りつく島もない。後を追うように、リーシャも髪飾りを揺らしながら立ち上がった。

「その、フィリップ様。もう少しお話を」

「私には、特に話すことはないと言ったはずだ。婚約は好きにすればいい」

「それはそうなのですけど!」

「──兄さん!」

進みかけた道の途中で、リーシャとフィリップは足を止める。道の先から、長身の男が走りながら、軽やかな声を上げていた。

金髪の髪が、陽光に眩しい。リーシャはその顔を見て、思わずひっと息を止めた。

確かに、ここには彼の実家があるのだから、いてもおかしくはない。

おかしくはないけれど──。

フィリップも、驚いたように目を見開いたまま固まっている。それが、彼の登場が予定になかったことを物語っていた。

「オラルド。お前、どうしてここに……」

フィリップの目の前まで、オラルドは息を切らしながら走ってくる。膝に手を当て何度か息を吐いてから、兄を見上げた。

「父上が、呼んでこいとおっしゃったんだ。きっと……ここだと思って」

「……わかった」

フィリップが、これ見よがしにため息をついて、竿を担ぎ直す。

オラルドは、苦笑いを浮かべながら、抑えた声で呟いた。

「今日も釣り？　どうせ、また釣り針もつけずに――」

「お前には関係ない」

（そ、そんな言い方は……）

「……そうだった」

オラルドが、疲れたように両手を開いてみせる。彷徨(さまよ)わせた視線を、フィリップの奥に立つリーシャへと向けた。

リーシャは、さっと日傘を目深(まぶか)に傾けながら、顔を背(そむ)ける。

（ど、どうか気づかずにそのまま――）

砂を踏む音に続いて、引っ張られるように日傘を上に向けられる。傘の縁(ふち)についたレースの向こうで、オラルドが満面の笑みを浮かべていた。

「やっぱり、リーシャロッテでしたか。遠くから見ても、すぐに貴女と分かりました」

（せっかく秘密で来たのに、もうバレた――!?）

リーシャは、ぎこちなく笑顔を浮かべる。けれど、さすがに少し引きつった気はした。

「ご、ごきげんよう、オラルド様。どうしてここに？」

「婚約も本格的にまとまりそうですし、その前に実家でのんびりしたくて。貴女こそ、おいでになるとは聞いていないですね。もしかして、秘密の旅行ですか？　それも、わざわざベネッシュ領に？」

「ええと、その……」

（さすがに、貴方の悪行を地元まで探りに来たとは言えないし！）

リーシャは、混乱した頭の中で言葉を探す。そこに、冷ややかな声が割って入った。

「彼女は、わざわざ私に会いに来たんだ。婚約者であるお前のことを、もっと深く知りたかったそうだ」

フィリップがそう吐き捨てた瞬間、オラルドは相好を崩す。リーシャをいきなりぎゅうと抱き締めた。オラルドの柔らかな金髪が、頰をかすめる。

（ひっ）

「ありがとう、リーシャロッテ。そんなに私のことを気にかけてくれたんですね」

（そ、それは間違っていないけど！）

これでは、まるで熱烈な愛情表現みたいに聞こえる。実際は、正反対だけれど。

「ああ、そうだ。兄さん、改めて紹介しますよ」

オラルドは、抱いていた手を緩めると、リーシャの横に並んで肩を抱く。そして兄に向かって、困ったように微笑みかけた。

「婚約者、になる予定のリーシャロッテ・リーヴェン嬢です。といっても、もう顔見知りのようですけど」

「……余程、リーシャロッテ嬢のことが気に入っているみたいだな」

「ええ、まあ。とても可愛らしいでしょう？」

（これは、礼を述べた方がいいところかしら……）

オラルドの発言は、いちいちドキリとさせてくる。

恐る恐るフィリップを見つめると、彼は苦虫でも噛み潰したような顔をしていた。釣り竿を握った手は、力を入れすぎて白くなっている。

その鋭い視線は、まっすぐに——リーシャに向けられていた。

（あ……）

「浮かれているからって、私に見せつけるな。迷惑だ」

「あの、申し訳……」

「私は先に戻る。失礼する」

二人を忌々しそうに睨みつけると、フィリップは踵を返す。

オラルドが走ってきた道を、迷いなく遠ざかっていった。体力があるのか、あっという間にその姿は小さくなってしまう。

（……今のうちに！）

リーシャは、オラルドの腕からするりと逃れる。愛想笑いを浮かべながら、じわりと後ずさった。

「それでは、オラルド様。わたくしも失礼いたし――」

「逃がしませんよ、リーシャロッテ」

すかさず腕を掴まれる。オラルドが、有無を言わさぬ笑顔を向けていた。

（どうして、こういうことになるの!?）

オラルドの漕ぐボートが、川面を切ってゆるゆると進む。手を伸ばせば、川沿いに咲いた小さな花々に届きそうだ。

軽やかな水音を聞きながら、リーシャは向かいに座ったオラルドをじっと睨んだ。

オラルドは、上品な笑顔を絶やさずに、慣れた手つきでボートを操る。軽く櫂を漕ぐと、ボートは嘘のように川面を切って進んだ。

街に戻ると言うと、オラルドはすかさず自分もついていくと言いだした。

けれども、そういうわけにはいかない。オラルドと一緒に城下を歩けば、一瞬で大公の耳にまで入ってしまうだろう。

せっかくなので話をしたい――というオラルドと、城内まで続く川を下る間だけ、ボートに同乗するというところで妥協した。

（街の中までついてこられたら、オラルド様の情報を密かに探るどころじゃないじゃない）

川の流れは穏やかで、ボートでも歩くのとほとんど変わりない。川沿いにある道を、二人の動向に目を光らせながら、ライカが荒々しく歩いていた。

「先ほどは失礼しました」

オラルドが、苦笑いしながら軽く櫂を漕いだ。

「兄のフィリップの言い方で、気分を害しませんでしたか？」

「いいえ。わたくしこそ、フィリップ様のお気に障ったようで、申し訳ありません」

「大丈夫ですよ。兄はいつもああですから。機嫌が悪かったのも、貴女じゃなくて僕のせいでしょう」

「そう、ですか？」

（なんだか、わたくしが睨まれていたような気もするけれど）

弟が憎ければ、その婚約者も憎い、ということだろうか。

どちらにしろ、フィリップからオラルドのよくない情報を引き出すのは邪魔されてしまった。

あのまま足止めをしても、大した話は聞けなかったかもしれないけれど。

オラルドは櫂を一度回すと、すっと川面に手を入れた。水面に映ったオラルドの華のある顔立ちが、波紋で柔らかく揺らいだ。

「子どもの頃は、仲もよかったんですけどね。僕が他領地に旅に出たあたりから、一層気難しくなって。最近では話しかける度に、嫌な顔をされていますよ。大人になるというのは、そういうものかもしれませんが……このボートも、兄から教えてもらったんです」

「フィリップ様から？　意外ですわ」

「実は、運動も勉強も兄の方ができるんですよ。ただ、ひけらかさないので、皆には知られていませんが」

リーシャは、フィリップの姿を思い出す。確かに、オラルドよりも背は高かったし、体も一回り逞しいように見えた。

「……子どもの頃は、どんな様子でしたの？」

「いつも一緒に遊んでいましたよ。年が一つしか違わないので、自然競い合うような感じになりましたが。ベネッシュ領の特産品に水晶があるのはご存知ですよね？　その中に、まれに双晶があるんです。双子の水晶のようなものですね」

オラルドは水から手を上げると、上着に突っ込む。蔦の装飾の入った鎖を引っ張り出すと、先についた淡い緑色の水晶が、日光を浴びて眩く煌いた。

リーシャの手のひらに、やっと収まるくらいの立派なものだ。土台の銀細工も一級の職人によるものは明らかで、思わず目を奪われた。

「ベネッシュ領では、水晶に願掛けをするんです。父からもらった双晶を、兄と僕で二つに割ってお守りにしていました。子どもの頃からの癖で、つい持ち歩いてしまうんです。おかしいでしょう？　兄はなくしたと言っていましたが、きっと捨てたんだと思います」

「捨てたって、どうしてです？」

「あの人は、ひどく几帳面ですからね。物なんかなくしたことありません」

「お二人で、どんな願をかけられたんですか？」

「……さあ、忘れてしまいました」

（毎日、持ち歩いているのに？）

　気さくに話してくれるから、少し出すぎてしまったかもしれない。リーシャは緑色の瞳を伏せて、小さく頭を下げた。

「失礼いたしました。わたくしがお尋ねしていいことではないですね」

　オラルドは、ひょいと水晶を空中に放り投げると、器用に掴んで上着へと戻す。またゆっくりと櫂を漕ぎ始めると、ボードは川辺にぶつかることもなく、軽やかに進んだ。

「それより、ベネッシュ領はどうですか？」

「とても自然が豊かで、のどかで、心が落ち着きますわ。以前に増して、治安もよくなっているようで、一人で出歩いても不安はありませんし」

「それはよかった。ぜひお帰りになるまで、存分に楽しんでいっていただきたいですね。回られるのは、この城下だけですか？」

「はい。ベネッシュ領は、広い領地ですから」

「少し残念ですね。もう少し東の方だと、今の時期は花の栽培が盛んな時期で、とても素晴らしい花畑が見られるんですよ。それに、一つ北側の街では、そろそろ大きな祭りがありますし――」

「……お詳しいんですね」

「分割統治しているとはいえ、自家の領地ですから。当然ですよ」

(王都で暮らしているにしては、よく把握しているわ)

リーシャは、横目でオラルドを盗み見ながら、嘆息する。

大公家も様々だ。分割統治で世話を丸投げして、上納物だけを楽しみにしているような家もある。

(本当に、領地を愛しているのね)

王都で見た時より少年らしい笑顔に、くすりと笑ってしまう。

(はっ、だめだめ。これじゃあ、ただオラルド様と語らっているだけじゃない)

振り返って、ボートの先を確かめる。城門は、もうはっきりと見えるくらいの距離で、徐々に街の喧騒が近づいていた。

けれど、辺りには川辺を追って歩くライカ以外に人影はない。

(まだあと少しの間なら、大丈夫よね)

正攻法すぎる――とは思うけれど。

オラルドなら、自分に横恋慕する令嬢に、確実に情報を流すことができる。

「オラルド様。わたくし、確認したいことがございますの」

「何でしょう……リーシャロッテ⁉」

リーシャは、オラルドの手を摑む。何かの宣誓でもするように、きゅっとその大きな手に力をかけた。

「ここには、わたくしたちの他に誰もおりません。だから、正直におっしゃってください」

一言一言、オラルドの手に言い聞かせるように呟く。

「オラルド様は、わたくしとの婚約を進めてしまってよろしいのですか？」

一息にそう言いきって顔を上げると、見開かれたグレーの瞳の中に、決意に満ちた自分が映り込んでいた。

（むしろ、少し打ち解けたことを利用して）

不安がるように、リーシャは目を背けて、わざと小さな声を出した。

「わたくしは、オラルド様を不幸にするような婚約はしたくありません。もし、他の方にお心がおありなら……」

「貴女らしくもない愚問ですね、リーシャロッテ」

「愚問、ですか？」

「リーヴェン公爵の一人娘。その美しさから心惹かれた男は数知れず。けれど、それをひけらかすことなく、亡き母の代わりに副宰相の父上を支えて差し上げる健気さと明晰さを持つ――そんな貴女と結婚したくないという男が、どこにいると？」

「わたくしは皆様がおっしゃるような大層な人間ではありません。それに、人には好みもございますし」

「まあ、それは否定しませんけどね」

オラルドは苦笑いまじりにため息をつくと、リーシャの手をぎゅっと握り返した。

「リーヴェン公爵は何と言っても副宰相ですから。こういう話を露骨にするのは好きではありませんが、権力も財力もある。ベネッシュ家との関係も良好です。両家の仲がさらによくなれば、行く行くは領民のためにもなるでしょう」

「そう、ですね」

「貴族に生まれた者として、これ以上の良縁はないと思っていますよ」

オラルドが、屈託なく晴れやかに笑う。リーシャは、いつもの愛想笑いをまとって力なく返した。

(……オラルド様の言う通りね)

言い返す言葉もない。貴族として、この婚約は圧倒的に正しい。

それがわかっているから、破談にするのがこんなにも面倒なのだ。

(でも……何かしら。何か、引っかかる)

オラルドの答えが胸につかえたまま、リーシャはボートに座り直す。肩にかけた日傘を、一度だけくるりと回した。

オラルドの言葉は正しい。真っ当で、論理に破綻もない。

これではまるで。

（いつものわたくしのような――）

「それにしても、そんなに私の心が知りたいなら、兄じゃなくて直接、私のところに来てくだされぱいいのに」

気がつくと、櫂を放したオラルドの左手が、髪を撫でるように伸びていた。リーシャが、びくりと跳びはねると、ボートががたんと、大きく揺れた。

「そんな、恥ずかしいですわ。それに、今、王都では噂も立っていますし――」

「僕は貴女とどれだけ噂が立とうと構いませんよ。困る立場でもありませんしね」

（少しはお困りになって！）

「オラルド様！　お戻りだったんですね」

ボートの行く先から聞こえた声に、オラルドが手を振る。城門から出てきた衛兵が、駆け寄ってきていた。リーシャの姿に目を留めて、首をひねる。

「そちらの方は？」

「偶然、美人と行き会ったから、乗せてきたんだ」

オラルドは、調子よく返しながらボートを岸へ寄せる。リーシャは、ライカに手を引かれてそそくさとボートから降り立った。

揺れない地面に足を下ろすと、思ったよりもほっとした息が出る。

ライカが、リーシャの服装を整えながら、背後で談笑するオラルドをじろりと睨みつけた。

「お嬢様、大丈夫でした⁉　やっぱり、途中でナイフでも投げた方がよかったですかね」

「だ、大丈夫よ。刃傷沙汰になると困るし……」

リーシャは、顔を見られないようにオラルドたちに背を向けたまま、周りの気配を探る。

（今のうちに、早く街に入ってしまった方がいいわね。オラルド様と一緒にいると、とにかく目立ってしょうがないわ）

あくまでも他人行儀に会釈をしながら、オラルドと衛兵の横を抜ける。衛兵は、軽く会釈を返すと、すぐにオラルドに向き直った。

「それにしても、お久しぶりですね。いつまでいらっしゃるんですか？」

「そう長くはいないよ。王都に仕事も残してきているし。四、五日くらいだな」

「……そうですか」

背後の衛兵の声が、途端に落胆する。リーシャは、ライカに声をかけるふりをして、足を止めた。

「オラルド様も、ご存知なんじゃないですか？　フィリップ様の噂。少しずつ管轄を大公から移譲されている地域の領主と、衝突してるって」

（領主との衝突？）

思わず、耳をそばだてる。周囲に人が少なくて油断しているのか、衛兵は思ったよりも大きな声で弾むように言った。

「てっきり、フィリップ様の代わりに――」

「滅多なことを言うな！」

オラルドが厳しい声で諫める。離れた場所で聞いても、身がすくむほど鋭かった。

「……申し訳ありません」

気を落とした衛兵の声が、空しく響く。

顔を上げるオラルドと目が合いそうになって、リーシャは慌てて踵を返し、街へと歩く速度を上げた。

（もしかして……オラルド様に跡目を継いでほしいという話？）

「お嬢様、今の話って」

こそこそと、ライカがリーシャに耳打ちする。リーシャは、前に目を向けたまま、暗い顔で頷いた。

「あたしは政治ってよくわかんないですけど、領民が次男に跡を継いでほしいと思ってるなんて、よっぽどのこと……ですよね？」

「そうね、普通ならありえないわ。もめごとを起こさないために、跡継ぎの順位が決められているんですもの」

「……ですよねえ」

フィリップは変人とは言われているが、仕事ぶりがひどいという話は聞かない。

（それなのに、長男をさしおいて跡継ぎにと言われるくらい、オラルド様の評判は地元でってもいいってこと？）

街道を、とぼとぼと街へと進み始める。ボートに乗っていた分は休めたはずなのに、思っていたよりも、足が重たかった。

「……あれ？　お嬢様、右側の髪飾りがありませんね」

「え」

驚いて、右手を這わせる。耳の上に挿していたはずの銀の髪飾りの感触は、確かになくなっていた。

「本当。どこで落としたのかしら」

「もしかして、フィリップ様と話してた川辺じゃないですか？　あたし、見てきますよ」

「あそこまで戻るの？」

「ひとっ走りすれば、すぐですから。お嬢様は、どこか夕飯を食べられるところでも探しておいてください。おいしいもの食べたら、またいいアイディアも浮かびますって！　あ、伝統料理はナシですからね！」

ライカが、あっという間に道を駆けていく。一人になってお腹に手を当てると、かすかに空腹感を覚えた。

気を取り直そうと城下町に足を踏み入れる。日は落ち始めたものの領地の中心部だけあって、道はひっきりなしに人や馬車が行きかっていた。

賑やかな風景に弾むはずの心が、どんよりと暗い。

（婚約に反対しているかもと期待したフィリップ様は、賛成だというし……オラルド様も、今のところ地元でも予想以上に評判で、婚約にはあいかわらず乗り気のようだし）

「一体……どうしたらいいのかしらね」

ぽつりと呟いた言葉は、思ったよりも乾いていて、すぐに街の喧騒に吸い込まれて消えた。

このままだと、本当にオラルド様と――。

ぼんやりと顔を上げると、人ごみの中に目が吸い寄せられる。

少し離れているから、顔ははっきりと見えない。けれど、あれは。

ヒースだ。

仕事用のお仕着せは、もう着ていない。飾り気のない白いシャツが、コートの開襟から覗いている。屋敷で働いている時は首元まで留めているボタンも、今日は開いていた。

見慣れない姿に、胸が締めつけられる。

声をかけたら、また帰れと怒られてしまうだろうか。

それでも――。

軽やかに高鳴る胸のままリーシャは、かすかに手を上げる。道を行くヒースに向かって、歩く速度を上げた。

今、ヒースはいつものヒースではない。

つまり、いつものお嬢様と執事ではないのだ。

誰に気兼(きが)ねする必要もない。

ただの幼なじみとして。

(仕事は終わったのかしら。今なら、少しだけ話ができるかもしれない。もしかしたら、一緒に食事とか——)

「ヒ……」

「ヒューズさん」

背後から、リーシャの呼び声をかき消すように、一人の女性が軽やかに駆け抜けていく。ベネッシュ家での同僚(どうりょう)だろうか。リーシャよりも少し年上に見える。薄手のコートを揺らす顔は、かすかに紅潮していた。

彼女は、振り返ったヒースに追いつくと、仕事の後にまとめ直したらしい髪を落ち着きなく触(さわ)りながら、足元に視線を落とした。

「酒場に行くのよね？　一緒に行ってもいい？」

「ああ、もちろん」

「あ……」

(そういえば、わたくしにも昔は……ああいう言葉遣い、だった？)

聞き慣れない口調に、息を吐くように声が出た。

かすかに俯(うつむ)いた視線を上げると、ちらりと振り返ったヒースの黒い瞳が見えた。

名前を呼びたい。

けれど、音にする前に、その瞳はさっと逸らされた。

(——今、確かにこっちを見た……のにっ)

ヒースはリーシャから完全に顔を背けると足を速めて、急ぐように道を突っ切っていく。同僚らしき女性が、ヒースに楽しそうに語りかけながら、当然のようにその後に続いた。

(わたくしは、あんなふうに……ヒースの横を歩いたこともない)

一緒に外出する機会があっても、ヒースは常に仕事着で。ブルーノに命令されて付き添う、ただの使用人で。前で先導するか、後ろで付き従うか。

仕事以外の時間に、肩を並べてどこかへ出かけたことなんてない。

もしかしたら、彼の素の表情すら一度も見たことがないのかもしれない。

ベネッシュ家の使用人として振る舞っている今、リーシャの言葉に答える義務は、ヒースには微塵もなくて。

(ヒースは、ただ仕事のためだけにわたくしの傍にいる——だけ)

リーシャは、下ろした手を白くなるまで握った。

ヒースが女性と歩き去っていく。いつの間にか、日はすっかり暮れかかって、街路を店先の灯りがほの暗く照らしていた。

「リーシャロッテ」

潜めた声とともに、肩に手を置かれる。抜け殻のまま振り向くと、オラルドが申し訳なさそうに苦笑いを浮かべていた。

「よかった。さっき、ボートに戻ったら、貴女の髪留めが落ちていたので、探して……」

オラルドの明るい声が、小さくなって途切れる。困惑したように、リーシャから視線を逸らした。

「リーシャロッテ、その……何かあったのですか？」

呼吸が浅くなっているのに気づいて、口に手を当てる。目じりに溜まっていた涙が、すっと頬を伝った。

（……マナーの本で読んだ時は、そんな嘘っぽい言葉、と思ったけれど）

リーシャは、零れた涙を指先で拭う。くすりと、おかしそうに笑った。

「……目に、ごみが入ったんですわ」

「リーシャ――」

オラルドの手に乗った髪飾りを、ぎゅうと力いっぱい掴む。拭ったばかりなのに、また数粒の涙が零れ落ちた。

「ありがとう存じます。わたくし、暗くなる前に帰りますわ」

問い返されないように、はっきりと言いきる。背を向けて、ヒースが去ったのと反対方向へと走り出した。

ヒースの姿を見たくない。もう一度、見る勇気はなくて。

人気のない路地に入り込んで、うずくまる。ぎゅっと抱いたドレスの膝に、涙が溢れた。

ここが、王都でなくてよかった。今だけなら、完璧令嬢の名だって捨てられる。

リーシャは暗くなり始めた空を見上げる。明るい満月に、かすかに雲がさしていた。

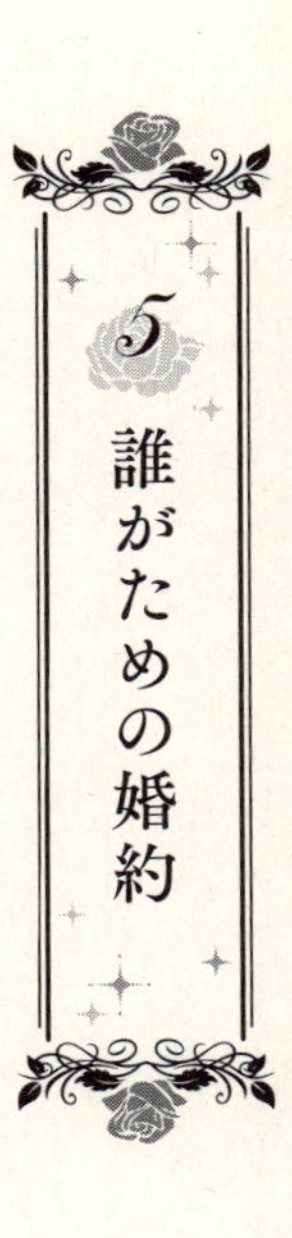

5 誰がための婚約

日傘の陰から、蔦の絡まった城門を覗き見る。視線に気づいた衛兵が、へらりとしまりのない笑顔で手を振ってきた。

(……そろそろ、顔を覚えられそうね)

失礼にならない程度に笑みを返すと、リーシャは城門の向かいにある衣装屋の店先で、くるりと方向を変える。リボンとレースで丁寧に仕立てられた真っ白なドレスの裾が、ふわりと揺れた。

今日も、ベネッシュの城下は平和そのものだ。

(一人で散歩したいからと、ライカは置いてきたけれど……何かお土産でも買って帰ろうかしら)

食べ物の店を中心に、道先から、ちらちらと冷やかしていく。店先に飾られた水晶にふと目を留めて、ついに口からため息が漏れた。

ベネッシュ領にやってきて、もう三日。収穫は、なしだ。

あちこちの店を回って、持ち前の社交術で世間話に花を咲かせたものの、オラルドの評判はすこぶる良好だった。むしろ、プラメリア以上にその好感度は高い。

長らく旅に出て、あちこちを放浪していたにもかかわらず、皆口を揃えてオラルドを褒めそやす。

オラルド様がうちの店に来た時はこうだった、ああだった――無限に話が広がっていく。

なんでも国王にも目をかけられるような令嬢との結婚が決まっているらしいと、プラメリアでの噂を披露する早耳の者までいた。

そして、皆が口々に言う。

オラルド様には、出て行ってほしくなかったと。

(さすがに、はっきりとは口にしないけれど……皆、オラルド様に跡を継いでほしかったのね)

フィリップの評判も、悪いわけではない。

フィリップが、大公の手伝いを任されるようになって、もうすぐ四年になるはずだ。

前回この地に来たのは子どもの時だから、はっきり覚えているわけではないが、その頃に比べて街道は整備されているし、治安も安定してきたように見える。

けれど、とにかくオラルドの評判が――良すぎるのだ。

(人好きがする性格だとは思っていたけれど、ここまでとは思わなかったわ)

これでは婚約破棄などすれば、非難されるのは圧倒的にこちらだろう。

鮮やかに笑うオラルドの顔を思い浮かべながら、リーシャは小さく口をとがらせる。日傘で、とんとんと自分の肩を叩いた。

明後日の昼には出立しないと、婚約式の準備に間に合わない。

まだ帰ってこないのかと、そろそろ父もやきもきし始めているだろう。

（当日の衣装だって、一度は試着しておかなければならないわよね。気は乗らないけれど）

「おや、リーシャロッテ。こんなところにいらしたんですか」

（うっ、また!?）

駆け寄ってくる足音に、鉄面皮の笑顔で振り返る。幾分丈の短いジャケットを着た、ラフな服装のオラルドが、相好を崩しながら走ってきていた。

リーシャは、くるりと背を向けてすたすたと歩き始める。けれど、あっという間に横に並ばれてしまった。

「今日も、城下の観光ですか？」

「はい。そんなことよりオラルド様。大公にご迷惑をおかけしないためにも、できるだけお声がけくださらないようにとお願いしたはずですけど」

「ですが、偶然行き会ってしまったものですから」

（昨日も、偶然行き会った気がするけれど!?）

　オラルドと並んで道を歩くだけで、市民の視線が吸い寄せられてくる。リーシャは、素早く人気の少ない脇道へと入りこんだ。

黙ったまま、オラルドもついてくる。その笑みを崩さない顔を、日傘の陰からちらりと見上げた。

（あの日、泣いていた理由を尋ねてこないのは、優しいと思うけれど……）

「そういえば、明後日にはプラメリアにお戻りなんですよね。婚約式までまたしばらくお会いできませんし、今日は私と出かけませんか？　すごくいいところがあるんですよ」

「いいところ？」

「城の西側に伸びている道をずっと行くと、一際小高い丘があるんです」

　オラルドが、街の外へと伸びる細い道を指さす。その先を視線で辿ると、遠目でもわかるくらいの大きな木が、一本、丘の上に聳えていた。

「登るのは少し大変ですが、そこからだと城下町がきれいに見渡せて、とても景色がいいんです。地元の者しか知らないので、あそこなら人もいないですし――」

「まあ、それはありがとうございます。それなら一人でゆっくりできそうですわね」

「ご一緒いたしますよ」

「結構ですわ。一人で、考え事もしたいと思っていましたので」

「ああ、でも今日は雨が降るかもしれませんし、丘に行くのはやめて、一緒にカフェでお茶でも」

「大丈夫です！　ぜひ一人で丘に行きたくなりましたから」

　ここまで言えば、いくらオラルドでも折れるはずだ。

　案の定、オラルドはしょうがないですね、と肩をすくめてみせる。

（本当は、そこまで興味はないけれど……）

このまま街に残っていたら、またオラルドに寄ってこられるかもしれない。リーシャは、日傘を折りたたんで、丘へ続く道へ進みだした。

「ベネッシュの人は健脚、なのね……」

（丘……というか、これはもう、小さな山なのではなくて？）

街から離れて、先ほど見た細い道を、リーシャはブーツの音を鳴らしながら登っていた。

急な坂とまでは言わないまでも、なだらかとは言い難い道が、だらだらと続いていく。

いつの間にか、ちらほらとあった農場は遠ざかっていた。隣の地区へと伸びているのか、細い道はまだ続いているが、人通りもほとんどない。

近くにあるのは、秋の狩りのシーズンまで放置されている、さびれた小屋だけだ。

「まだいたのか」

一心に道を歩いていたリーシャは、降り注いだ冷ややかな声に顔を上げる。

後を追ってきた馬上から、長い髪の男が声以上の冷たい視線で見下ろしていた。

（フィリップ様……）

今日も、辺りに付き人の姿はない。駆けてきたのか、馬の足元には泥が跳ねている。リーシャは軽く会釈をすると、馬から下りようとしないフィリップを見上げた。

「明後日には戻る予定です。次にお逢いできるのは――」

「婚約式には行かない。さすがに、結婚式まで進めば国王が来られるから、顔を出すことになると思うが」

「……そうですか。もしかして、それを伝えにわざわざ？」

「オラルドから聞いた別荘へ行ったが、不在だったので」

「わざわざありがとうございます」

リーシャは、深々と頭を下げる。顔を上げると、フィリップはすでに踵を返していた。

（もう用はない、ということね）

「……フィリップ様。一つだけお尋ねしてもよろしいですか？」

少しだけ、高い声を出す。蹄の音にかき消されてしまったのか、フィリップは振り返らない。リーシャは、一層声を張り上げた。

「以前は、オラルド様と仲がよかったのですよね？　大公からいただいた双晶に、お二人で何を願掛けなさったのですか？」

フィリップが、走らせかけた馬を止める。前を向いたまま発せられた声は小さかったけれど、リーシャの耳にはなぜかはっきりと届いた。

「――二人で、領地を盛り立てることだ」

問い返そうと口を開いた瞬間、湿った風がざっと吹き抜けた。顔を覆った腕をどけると、フィリップはもうはるか先へと駆け去っていた。

「……ああ、もう、みんな勝手ばっかり。しかも、破談も恋愛も……うまく、いかないし！」

ふと、一昨日ヒースに言われた言葉が、声音もそのままに頭に響く。

『――それが、お嬢様の幸せのためですから』

「そんなのっ、わたくしの幸せは、わたくしが決めるわっ！」

今頃、ヒースは他の同僚と働きながら、くしゃみでもしているはずだ。

そう考えると、少しだけ溜飲が下がる。

足が、平らな草地に乗り上げる。気がつくと、すっかり上まで登りきっていた。

（……本当に、すこぶる見晴らしがいいわね）

草むらに足を踏み入れて、丘を進む。橙色の屋根の街並みが、眼前に広がっていた。

城だけでなく、城下町がすっかりきれいに見渡せる。一番手前に見える城を、ぼんやりと眺めた。庭師の姿が小さな豆粒のようだ。

きっと、ヒースもあそこで雑用をしているだろう。父ブルーノのために。

（それにしても、リーヴェン家の筆頭執事が下級使用人だなんて。もったいないわ）

リーヴェン家と懇意にしている他家に、ヒースは一年だけ見習いに出ていた。そして、強く引き留めたその主人の元を辞し、リーヴェン家に帰ってきてすぐに執事になった。もうそれから三年だ。

（わたくしたちが疎遠になったのは、やっぱりあの見習い期間のせい……よね）

その前は、ヒースとの仲もそれなりによかったように思う。同じ家庭教師から学んでいるよしみで、勉強やダンスの練習にも付き合ってもらった。

言葉遣いも、もっと打ち解けていて――。

けれど他家から帰ってきた時には、ヒースはもう立派な執事になっていた。

（それが、大人になるということなのかもしれないけれど）

丘の中ほどに聳えている大樹に足を向けると、根本に小さく咲いていた花に、ごめんねと声をかけて摘み取った。

草むらの上に、足を揃えて静かに腰を下ろす。艶やかな花びらを、ひとつ摘み上げた。

かすかな手ごたえがしたかと思うと、花弁がふつりと軸から離れる。また、次の花びらを指で触れた。

「ヒースは、わたくしのこと、どうでもいい。どうでもよくない。いい……よくない……」

（そういえば、昔はよく庭で花占いをやっていたわね。ダンスの練習がうまくいかなかった時とか、何度練習してもサインがうまく書けなかった時とか）

その度に、使用人の子ども服を窮屈そうに着ていたヒースが、庭の隅に花びらを埋めるのを手伝ってくれて――。

（わたくしの幸せ……）

オラルドは評判もいい。貴族にしては裏表もなく、誠実な人間に見える。機転は利くし、ブルーノの後ろ盾があれば出世するのは間違いないだろう。

容姿も才能も、身分も――完璧な婚約者だ。

ヒースが言う通り、オラルドと結婚すれば幸せになれるかもしれない。

（でも……）

花びらの、最後の一枚に手を伸ばす。一番小さくて、柔らかい。

摑んで、あっと声を上げた。

「……次は、どちらだったかしら？」

首を傾げた瞬間、背後から大きな風が吹いて、髪飾りの代わりをしている小ぶりな帽子が揺れる。吹き飛ばされないように、慌てて手で押さえた。

花びらを残した茎が、びゅうと風に煽られて、丘の草むらへと消える。

取り戻そうとして空を切った手を、じっと見つめる。手袋の縫い目をなぞると、すっと立ち上がった。

（……そろそろ帰らなくちゃ、プラメリアに。本当に、婚約式に間に合わなくなってしまうわ）

近くに置いていた日傘に手を伸ばす。白い手袋にぽつりと、グレーの染みが滲んだ。

手袋の下の肌が、ひやりと熱を奪われる。

「え？」

染みに触れようと伸ばした手に、また新たな染みができる。その粒は、先ほどよりも大きい。

「こんな時に雨？　そういえば、確かにさっきから風が冷たく――」

一際大きな風が吹いて、思わず顔を覆う。

遠くで、くぐもったような、体に響く音がする。

反射的に、身が固まった。へたり、と足から力が抜けて、その場に座り込む。

（この音は……）

視界の隅で、一瞬光の筋が走った。

恐怖を感じるよりも早く、瞳に涙が滲む。

手袋の隙間からわずかに覗いた空は、不気味なほど黒々としていた。

「くしゅん」

白い手袋をはめた手で、口を押さえる。横で銀器を磨いていた同じお仕着せ姿の男が、ひょいと首を折った。

「大丈夫か。まさか、風邪なんじゃないだろうな？」

「いや、なんでもない。悪かった」

ヒースは、手元の銀製のスプーンに布を滑らせる。うっすらとかかっていた曇りが晴れて、テーブルの上に置かれた灯りを照り返した。

下級使用人として、こういう雑用に精を出すのは久しぶりだ。

長らく執事などという仕事をしていると、他人の秘密を知ることや、個人的な頼みごとをされることも少なくない。

その伝手を使えば、「中流貴族の家で、そこそこの経験を積んだ、どこにでもいる下級使用人」らしい経歴書を準備してもらうことなど、造作もない。

もちろん、リーヴェン家とはできる限り縁の薄いところに頼んだから、足がつくこともないだろう。

危うくメイド長に上級使用人にされかけたところを、あれこれと理由をつけて穏便に辞退して、雑役にねじ込んでもらった。

荷を運んだり、城の調度を細々と整えたり。面倒かと思っていたけれど、特に違和感はない。下級使用人の六人部屋にも、あっさりと慣れる自分に不安を覚えたくらいだ。

昨日の夜に盛大な鼾をかいていた同室の男が、反対側から脇を小突いた。

「どこかで噂でもされてんだろ。こんな男前じゃな。お前が来てから、メイドたちも浮ついてるし」

「そういや、何日か前に、とんでもない美人に声をかけられてたじゃないか。前の家の主人の娘だと言ってたけど、ありゃあ、お前に惚れてる顔だったぜ」

「ああ！　あれか。いい女だったよな。滑らかな金髪に、澄んだ緑の瞳がきれいでさ。体つきもよくて……お前が付き合わないなら、紹介してくれよ」

「下世話な目で見るな」

それ以上の罵詈雑言は飲み込んで、スプーンを土台へ戻しナイフを取る。揃いの細工が入ったナイフは、案外ずしりと手に重い。

そのナイフを指揮棒のように振りながら、向かいの男がのんきに頬杖をついた。

「そういや、さっき荷運びで街に出たんだけどよ。彼女、また一人でうろついてたぜ」

「一人で……か」

「ほらな、やっぱ興味あるんだろ。でも、残念だったな。オラルド様が声かけてた」

「そりゃあ勝てねえや」

聞きいっていた別の男が、ばかばかしそうに身を引く。

「ところが結局、オラルド様は置いてけぼりをくらってたみたいだぜ。一人でほら、西の丘の方へ歩いて行ってたし」

「へえ。あの人になびかない女がいるんだな」

「まあ、オラルド様相手の火遊びじゃ大変なことになるからな。身分の低い男でも弄ぼうっていう遊び人タイプのお嬢様なんじゃないか？」

「それはない」

「あ？」

「いや、なんでもない」

ヒースはナイフに曇りがないことを確認しながら、刃に映った自分の不機嫌な顔を無視した。

「お前たち、まだ終わらないのか？」

全員が、肩をかすかに上げて、入り口を振りかえる。取りまとめ役の使用人だ。

「あと、もう少しなんですけどね」

男たちが、気難しそうな顔を作って、急に銀器を磨き始める。

ヒースが磨き終えたナイフを台に戻すと、もう、磨くべきものは残っていなかった。

「この後、別のところでやらせたいことがあるんだ。一人でいいんだが……ヒューズ。お前、行ってこい。二階の収納庫はわかるか？」

「はい、問題ありません」

布をテーブルに落として、呼ばれた偽名に立ち上がる。静かに頷くと、男はすぐに背を向けた。

「お前たちは、さっさとそれを磨き終えろ。その後は、庭の手入れを手伝ってこい」

鈍い返事が、背後から聞こえる。ヒースは、黙ったまま一人で部屋を出た。地下から階段で上階に出ると、すぐに深緑色の絨毯が敷き詰められた、来客も通る城の通路へと繋がっている。

窓の外は夕方のように暗い。空には、どんよりと雲が降りていた。

あの人は、大丈夫だろうか。

ふと、先日見た泣き顔が浮かぶ。

仕事の帰り際、街で見かけたリーシャロッテは、何故か泣いていた。

最初は泣いていなかったけれど、去り際にもう一度確認した時は、オラルドの前で涙を流していた――ように見えた。最近は、泣いている姿など見ていなかったのに。

だから、泣かせるなと言ったのに。

「……ちっ」

誰もいないのをいいことに、苛立たしく舌打ちをする。

足早に階段を上がる。さらに一つ上の階に出て、辺りをうかがった。

仕事に入った時に、一度だけ同僚に城を案内してもらった。部屋の位置は全て、頭に入っている。

収納庫は左だけれど――。

出た通路の突き当たりを右に折れる。顔色を変えずに、奥から一つ手前にある扉をノックする。

ドアに耳を当てて人がいないことを確認してから、中へ滑り込んだ。

リーシャロッテの部屋と同等の広さ――オラルドの私室だ。

落ち着いた緑色の壁紙と、暗い色調の家具でセンス良く統一されている。奥には、すでに整えられたベッド。壁には、各国語で書かれた本が並んでいて、なかなかに壮観だ。

窓際に置かれた執務机へ近づくと、引き出しをそっと引く。上質な机だけあって、音もなく開いた。

「鍵もかけないとは、不用心だな。うちも気をつけないと」

突っ込まれている手紙の山をめくって、即座に目を通す。

仕事や社交の内容がばらばらと続く。案外、女性からの手紙は少ない。あったとしても、それらはどれも交際の断りを咎めるものばかりだ。

「お嬢様のことは本気、ということか」

ほっとした声音になるべきなのに、自分のそれは不様なほど刺々しかった。

リーシャロッテにはああ言ったものの、そろそろ自分も、屋敷に戻って婚約式の準備を仕上げなければならないだろう。

それが終われば、リーシャロッテはオラルドと婚約し、間もなく結婚して。

それを、俺は傍でずっと見守り続ける。

――そんなことが、本当にできるのか？

もしも何か、オラルドに隠された秘密があれば。

気がつくと、引き出しを閉じかけていた手が、止まっていた。

自分の諦めの悪さに、ため息が出る。けれど、迷わず別の引き出しを引き抜いた。

「……あの男の性格なら、この辺りか」

右の一番上の引き出しには、整然と文房具が並べられている。ぐいとその中に手を突っ込んで、奥に挟まっているものを引きずり出した。

　ばらばらと零れ落ちた未整理の紙を拾う。

　どうせ大したものはないだろうが。

　期待を抑えながら中に目を落として——ヒースは眉根を寄せた。

　——なんだ、これは？

　中身を丁寧に読もうとした瞬間、ドアの向こうから階段を上がってくる足音が聞こえた。

　ヒースは拾った紙片を急いで懐にしまうと、部屋を出る。背後でドアを閉めると同時に、声がかかった。

「そこで、何をしている？」

　オラルドによく似ている。けれど、もっと抑揚のない冷めた声。

　フィリップが、射るような視線でこちらを見下ろしていた。

「……収納庫へ行くよう、申し使ったのですが」

「収納庫は、一つ前の角を左だ」

　フィリップの言葉は、無愛想に途切れる。けれど、考えの読みにくい暗いグレーの瞳は、さらに鋭く歪められた。

「失礼いたします」

　頭を下げて、フィリップの横をすり抜ける。ヒースは角を曲がると、はっと息を吐いた。

　フィリップの部屋は、もう一つ上の階だったはずだが。

　全く、嫌なタイミングで現れる男だ。

それにしても、さっき見たものは――？

懐から先ほどの紙片を取り出そうとして思い直す。

逸る気持ちを宥めながら収納庫へ足を向けると、入り口から顔を赤くしたメイドがぱっと顔を出した。

「きゃあ、ヒューズさん！　手伝いに来てくれたんですね」

「はい。それで、仕事というのは――」

つい習慣で、部屋に入る前にちらりと窓から外を見る。

薄暗かった空は、いつの間にか真っ暗になっている。雨が降り出すのも、時間の問題だ。

狙ったように、遠雷が耳元に響いてくる。

あの人は、大丈夫だろうか。

けれど、今日は朝から雲行きが怪しかった。いくらなんでも――。

いや、さっき誰かが言っていなかったか。今日も彼女が歩いている姿を見た、と。

一人で。

「ヒューズさん!?」

驚いたように背中に声をかけるメイドを無視して、階段を駆け下りる。

裏口から庭へ出ると、空はさらに黒々として、ぽつりと肩に雨粒が落ちた。

思わず、顔をしかめる。城の庭を抜け、買い物を頼まれたと衛兵にでたらめな理由を言って、城門から外へ出た。

雨で人通りの減った道をまっすぐに見据え、ヒースは一目散に走りだした。

大粒の雨が、体に打ちつける。服も髪も、もうぐっしょりと濡れて、ぴったりと肌に張りついていた。

土砂降りに打たれながら、リーシャはぐっと日傘の柄を掴む手に力を込めた。

(早くっ……移動しないと)

震える足に力を入れて立ち上がろうとした瞬間、雷鳴が耳をつんざいた。

「っ……」

視界が歪んで、草むらに手をつく。けれど、腕に力が入らなくて、そのままがくんと前に倒れた。

雨に濡れた草のむっとする匂いが、鼻につく。耳に、轟々と雨音が反響した。その奥に、絶え間なく雷の重低音が響く。

思わず、手で口を覆った。

(気持ち悪いっ……)

手袋をした自分の指に、歯を立てる。辺りが真っ白になるほどの雷光に、強く目を瞑った。

瞼の裏で、小道を歩く情景がちらつく。

思い出してはだめだと思っても、頭の中で流れる情景が止められない。

とぼとぼと雨の小道を歩く、自分の小さな足。

時折光る空。咲いたばかりの花を摘み取る小さな、子どもの自分の手。

「リーシャロッテ！」

雨の轟音の中、呼び声がして振り返る。道の先から、母が走ってきていた。

金髪の長い髪が、顔に張りついている。リーシャを見つけた途端、ほっと安堵したように表情を緩ませた。

リーシャも、花を落とさないように注意しながらも、たまらず駆け出す。

早くこれを見せたい。そうしたらきっと、元気になって。

手元の花から顔を上げる。母の背後に、大きな黒い影が見えて、息が止まった。

黒い——馬車。

馬の嘶きと悲鳴をかき消すほど強く、雷鳴が轟いて——。

「リーシャ……」

いやだ、こんな過去のこと、見たくない。

頭に押し当てるように、両手で耳を塞ぐ。けれど、雷の音は自分の中から響いているように、一向に遠ざからない。

記憶の中の自分と同じように、懸命に手を伸ばす。

届くはずがないと、知っているのに。

「お母様……っ！」

「リーシャ！」

――大きな頼りがいのある手が、強く握り返してくる。

違う。呼んでいるのは母じゃない。息苦しいほど張りつめた、低い男の声。

震えながら目を開けると、雨に濡れたジャケットが視界に映った。体を起こされて、苦しそうに細められた黒い瞳に焦点が合う。

彼だ。そう気づくのに、しばらくかかった。

凍えて、体が動かない。その名を、切れ切れに口にするので、やっとだ。

「……ヒース」

苦痛に歪められていたヒースの顔から、一瞬だけ気が抜ける。けれど、すぐに歯を食いしばった。

ぼんやりとしたまま体を抱え上げられる。得も言われぬ浮遊感に、強張っていた体から嘘のように力が抜けた。

歪んでいた視界が闇に包まれて、落ち着きを取り戻す。無意識に、ヒースのジャケットの前裾を握った。かすかに触れるヒースのぬくもりがあたたかい。

（そういえば、前にも……こんなこと……）

あった気がする。

そうぽつりと呟いた瞬間、意識はすっと暗闇へ消えた。

そうだ、その時に――初めてヒースとまともに話をした。
覗き込んできた黒い瞳に、驚いた覚えがある。その濡れ羽色の暗さに、とっぷりと呑まれてしまいそうだったから。

「……見つけた」


叩きつけるように、雨が降っている。空には、ごろごろと遠雷が鳴っていた。

さっきまで、なんともなかったのに。

せっかく、みっちり予定を入れた家庭教師の指導が終わってから――久しぶりに庭に出たのに。

母とよく一緒に手入れしていた、屋敷の薔薇園。

白い花が蕾をつけた垣根の下。

膝を抱いて小さくなっていたリーシャは、静かな呟きに怯えながら顔を上げた。

真新しい白いシャツに、子ども用の焦げ茶の短い下衣。よく磨かれた黒い革靴には、雨の滴がついている。

使用人の服を着た、ヒース・エドヴァルドが見下ろしていた。

十二という歳の割に感情が読めない表情が、今はかすかに驚いている。ヒースは、リーシャがほとんど濡れていないことを確認すると、屋敷へと体を向けた。

「傘を持ってくるから、そこで少し待って――」

「行かないで！　わたし」

リーシャは、思わずヒースに向けて手を伸ばす。

光が瞬いたかと思うと、近くで轟音が響く。リーシャは、さっと頭を押さえてうずくまった。

「きゃああっ！」

額が地面に擦りつきそうなほど、縮こまる。駆け出しかけたヒースが、泥を跳ねながら足を止めた。

「お嬢さま……？」

「だって、あのときも……こんなふうで」

あの時も、母が亡くなった時も、今と同じように。

呼び声が聞こえないくらい、雷が鳴っていた。

母の後ろに、木立に隠れていた小道から現れた黒い影が、雷に照らされて。

「驚いて振り返ったお母さまが……っ」

馬車に――。

耳を塞いだ両手に、一回り大きな手がそっと添(そ)えられる。導かれるように顔を上げると、いつの間にか、雨でぐっしょりと濡れたヒースが膝をついていた。

「つらいことは、無理して言わなくていいんだ」

言い聞かせるような、穏(おだ)やかな声に、目を閉じてそっと耳を澄ませる。

被(かぶ)せられた手のぬくもりが、ここちよい。少しだけ、苦しかった心臓が大人しくなった。

「こわいの……」

「雷が？」

「……また一人になるのが、こわいの」

本当は、こんなことを言ってはだめなのに。

葬儀(そうぎ)に集まった大人は口々に言っていた。かわいそうに、の後に。

しっかりするのよ、と。

がっかりされるか、叱(しか)られるかもしれないと項垂(うなだ)れる。でも、手を包(つつ)み込(こ)む力が、さらに強くなっただけだった。

「それなら、俺がお嬢さまのそばにずっといますよ」

「ずっと？」

その言葉は、繰(く)り返すとひどく甘い音がする。

ヒースが、表情も変えずに呟く。淡々(たんたん)と、けれど迷いなく言った。

「ずっと。つらい時も苦しい時も、寂(さび)しい時も。そのために、俺はここに来たんだから」

（それだと、まるで……結婚の約束みたいだわ）

ブルーノが屋敷にヒースを連れてきたのは、母の葬儀が終わって一月後の、つい先日。

簡単に紹介されただけで、ヒースのことはまだよく知らない。

やってきた時は、口が裂けても身なりがいいとは言えない服装だったから、孤児だろうと想像はついた。

母を亡くした自分を気遣って、歳が近い使用人を入れたのだろう。

（最初は、気持ちも読めないし、ちょっとこわかったけど……）

「そろそろ行こう。雨も小降りになったし、雷ももう遠くなったから、大丈夫だ」

ヒースが、静かに立ち上がる。下衣の膝は、じっとりと泥で汚れていた。

視線を合わせるために、水たまりのできた地面に膝をついていたのだ。彼は、自分では何も言わないけれど。

きゅっと、胸が締めつけられた。

差し出された手を取ろうとして、止める。さっき口にした甘い言葉のように、その感触を確かめながら、大切な呪文みたいにそっと名を呼んだ。

「ヒース」

「何ですか」

「……歩けないの。抱っこして」

ぎゅうとスカートの裾を握って、ヒースを見上げる。無表情だったヒースが、呆れたように口の端を曲げた。

突然、体が地面から高く持ち上がる。びっくりして、ばたばたとヒースの首にしがみつくと、ヒースの濡れた髪とリーシャの乾いた頬がこすれた。

「……甘え方だけはしっかりしてるんだから」

「あとね、ヒース」

「次は何ですか」

子どもらしいむくれた声が、耳元で聞こえる。安心して、そっと目を閉じた。

「二人のときは……リーシャって呼んでもいいよ」

雷の代わりに、パチパチと何かがはぜる音がする。

（それに、なんだか……あたたかい？）

薄暗がりの中で、瞼を震わせながら目を開ける。焦点の定まらない視界で、何かが動く。瞼を開け閉じしながら、目を凝らす。一瞬だけ――白いシャツの隙間から、引き締まった腹筋が見えた。

「あっ……」

ヒースが袖のボタンを留めながら、振り返る。リーシャは声を出したことが恥ずかしくて、ヒースから目を背けた。

横たわった体の下に敷かれた毛布に気づいて、周囲を見回す。

木造の粗末な作りの小屋だ。広さはそれなりにあるものの、使い古された荷物が積み上げられていて狭く感じる。薄い屋根からは、まだ雨音がぱらぱらと聞こえていたが、雷は遠くでかすかに鳴るだけだ。

最奥にある暖炉で、火がゆったりと燃え、その上に吊り下げられたヒースのジャケットが熱風に煽られていた。

「丘の近くです。狩りのシーズンに使う小屋があったので、お借りしました」

「……そう」

ゆっくりと体を起こして、暖炉の火に近づく。段々と乾き始めているものの、ボリュームのあるスカートは中まで濡れていて、脱いで干さないとどうしようもなさそうだ。

小さく、何度かくしゃみをする。ヒースが、吊るしていたジャケットを取って、肩にかけてくれる。

「ありがとう」

「雷が落ち着いたら、すぐに別荘へ戻りましょう。小屋の中にあった布で、私はなんとかなったのですが——さすがにお嬢様の体を拭くのは憚られましたので」

(そ……れは！)

さっき、着替えている時に一瞬だけ見えたヒースの姿がちらついて、段々と顔が赤くなる。

耳に手を伸ばすと、髪飾りは全部外されていた。できるところだけでもと乾かしてくれたのか、髪はもう張りつくほどは濡れていない。

二重の羞恥心で、リーシャはもじもじとヒースのジャケットの中で小さくなった。

(全部終わってから目を覚まして、よかったわ……)

「……だったら、ライカを呼びに行けばよかったのに」

「気を失っているあなたを、ここに一人残して行けるとでも？」

「――っ」

ヒースの言う通りだ。

目を覚ました時に誰もいなければ、きっとまた動揺して取り乱してしまうだろう。あんな状態の自分を置いて、ヒースがどこかへ行けるはずもない。

ヒースが、荒々しくベストを羽織る。振り返って噛み合った視線に、正面から射抜かれた。

「大体、どうしてこんな日に外出なさったんです？　今日、朝から天候は愚図ついていました。こうなることは予想できたでしょう？」

「その、ここ数日、ぼうっとしていて……」

「ここは、旅先で不慣れな場所でしょう？　いつも以上に慎重にならなくて、どうするんです!?」

久しぶりに聞く叱責に、思わず項垂れる。

ライカも、きっとあちこち探し回っている。ヒースだって、おそらく何か理由をつけて、仕事を抜け出してきたに違いない。

自分の不注意で二人に迷惑をかけているのだから、救いようがない。

身仕度を終えると、ヒースはリーシャを見下ろし、静かに腰を落とした。

黒い瞳を覗き返していると、ヒースが腕を伸ばしてくる。指が顔に触れそうになって、びくりと肩を震わせた。

ヒースの長い指は、リーシャの頬には触れずに、ゆっくりと下へ動く。膝の上に載せていた、冷えきった手を宝物のように掬い上げた。

突然、支えていたヒースの手がふっと消える。あっと声を上げる間もなく、抱き寄せられていた。

ヒースの力強い腕が背に回されて、ぬくもりに包まれる。

いつもは淡々と話すくせに——切なく絞り出すような声が、耳にこだました。

「……お嬢様が無事でよかった」

「——っ」

(ヒースは、わたくしのこと……本当にっ)

心配してくれていた。

こんな自分のことを。

所在なく上げたままだった手で、ヒースの生乾きのシャツを摑む。耐えられなくて、広い肩に顔を埋めた。

「ごめんなさいっ、心配かけて。ヒースまで、こんなふうに巻き込んで」

こんなに迷惑をかけたのに。それでも、ヒースは本当に心配して。

考えてくれて。

(やっぱり、やっぱり……わたくしは)

気持ちを抑えきれない。心の中で、まだ蓋ができないと何かが叫んでいた。

思いのままに、口から言葉がほとばしる。ヒースの腕の中だと、それを止める術は、もうなかった。

「わたくし、黙っていたことがあるの。本当は……オラルド様と婚約したくない。だから、こんなところまで一人で来て、なんとか破談にできる理由が見つけられないかって」

ヒースの反応を見るのが怖い。今度こそ、本当に呆れられてしまうかもしれない。

けれど、もう後戻りはできない。

この気持ちには、嘘がつけない。

「わがままなのはわかってる。お父様のためには、家のためには婚約した方がいい。でも、やっぱりだめなの。わたくしは、自分の幸せを諦めたくない。まだ、どうしても」

(ヒースのことを、諦められないから……っ)

掠れた声が、狭い小屋に広がって消える。いつの間にか、屋根から雨音はしなくなっていた。

返事は、ない。

背中に回されていた手は、かすかに力が抜けている。ふっと、耳元で少し苛立たしそうなため息が聞こえた。

「……泣かせていたのは、あいつじゃなくて俺の方か」

「え？」

聞き返す前に、体が離れる。

「……わかりました」

不満がかすかに滲むものの、だいぶ平素の声に近い。床に落ちたジャケットをリーシャの肩に掛け直すヒースは、すっかりいつもの執事の顔に戻っていた。

リーシャは、濡れそぼったスカートの裾を握りながら、目を丸くした。

（えっ？　ええっ。ちょっと待って）

「わかりましたって……どういう、こと？　もしかして」

「穏便に破談になさりたいのでしょう？　そういうことなら、お手伝いいたしましょう」

「……えっ⁉」

「なんで、そんなに意外そうなんですか」

「だって、その……本当にいいの？」

「どうして私が、お嬢様の望みを妨害しないといけないんですか」

（ヒースは、もう散々わたくしの作戦を邪魔しているけれど⁉）

それはこちらの事情なので、ぐっと呑み込む。けれど表情に出ていたのか、ヒースはかすかに顔をしかめてリーシャに詰め寄った。

「一応お尋ねしますが、お嬢様は私に『婚約したくない』とおっしゃったことがありましたか？」

「そ……それは」

「割と、いつも色よい返事をしておられたように記憶していますが」

（確かに、結縁の準備の時も、観劇の時も、つい先日もそういうふうに答えたけど！）

ヒースが破談作戦を手作ってくれるとは思わなかったからで。

「いっ、言えるわけがないでしょう⁉　家のためには、わたくしが大人しく婚約した方がいいわけだし……」

「それで？」

「だから、ヒースに言ったところで無駄というか、反対されるだけというか」

リーシャは、申し訳なさそうに視線を下げる。体の前で、小さく手を合わせた。

「……わたくしが婚約した方が、ヒースもうれしいでしょう？」

「は？」

「だって、お父様がお喜びになるし――」

（わたくしのわがままで、お父様を一番大事に思っているヒースを困らせたくなかったん

だもの）

　ブルーノの幸せが、ヒースの幸せなのだから。

　ヒースは珍しく露骨に眉をしかめてから、気を散らすように大きく息を吐く。リーシャの前髪を一筋、さらりと整えた。

「確かに、ブルーノ様がお喜びになることは、私にとっても喜ばしいことですが――」

　ヒースが髪をかき分けながら、耳元に顔を寄せる。視界からヒースの姿が消えたかわりに、吐息の後に、言いきるような声が聞こえた。

「あなたが幸せじゃないのは、俺が嫌なんです」


「……っ」

　逞しい声色に、ぞくりと背を縮めて硬直する。思わず、胸の前で組んでいた手を握った。

（い……まの、ヒースよね？）

　顔が見えなかったから、自信がない。

　まるで、いつものヒースと違う。

（なんだか普通の、男性……みたいな……）

　ヒースが、片膝をついて頭を垂れる。

「……ただ、お嬢様の幸せを、私の独断で決めつけたのは間違っていました。申し訳ありません。お許しいただけますか？」

いつの間にか、平素の落ち着いた声に戻っている。こうして見ると、いつも通りのヒースだ。

さっきのは、幻だったのだろうか。

けれど、耳元で囁かれた声音の力強さを思い出すと、自然と頬が熱くなった。

（変ね……）

「そ、その、もちろんよ。わたくしも、本当の気持ちを言わなくてごめんなさい……」

「確かに、そうですね」

ヒースが頭を上げて、火掻き棒に手を伸ばす。暖炉の火を潰しながら、平板な調子で言った。

「つまり、それくらい私を信用していなかったというわけですね」

「うっ」

「大層、傷つきました」

（ヒースが傷ついた!?　って、でも、それはお父様に仕えているヒースへの、わたくしなりの気遣いで！　つまり、わたくしがヒースのことが好きだ……からで……）

だめだ、うまく言い訳できない。

リーシャはがっくりと肩を落として、項垂れた。

「……ごめんなさい」

「今度から、そういうくだらない嘘はおやめくださいますね？」

「くっ、くだらなくなんかないわ」

「貴女の望み以上に大切な嘘があるんですか？」

「なっ……」

（今のは、どういう意味⁉）

そういえば、ヒースに抱き寄せられたばかりだ。こんな薄暗い――二人っきりの小屋で。

突然、羞恥心がぞわりと体を登ってくる。ぎゅっと自分の腕を握ると、ヒースの腕の感触がよみがえって慌てて手を離した。

ヒースは、火を消したり借りていた布をまとめたり、いつも通り立ち働いている。

けれど、いつものヒースなら、あんなふうに抱き寄せたりなんかしないはずだ。

「お嬢様。付け加え忘れておりましたが、お嬢様のわがままなんかどうでもいいくらい素晴らしいお相手が現れたら、さっさと結婚していただきますからね」

（……やっぱりいつものヒースだわ）

くっとジャケットを握り締めているうちに、すっかり暖炉の火はかき消えている。ヒースに手を引かれて、立ち上がった。

小屋を出て、とぼとぼと丘を下る。雨雲はすっかり遠ざかって、かすかに陽すら射し始めていた。

「抜け出して来てくれたのよね？　わたくしは一人で帰れるから、ヒースは仕事に――」

「こんな格好のお嬢様を放置して、一人帰すわけにはいきません」

(まあその、多少はみっともないけど……)

　上半身はだいぶ乾いたものの、まだスカートは水けを多く含んでいる。ふんわりとしているはずのスカートが、歩くたびに下半身に張りついた。

　前屈みになって、スカートの裾を絞ろうとする。気がつくと、ヒースが斜め後ろから、眇めた目でじっと見下ろしていた。

「……やはり、抱えて帰りましょう」

「えっ！　だっ、大丈夫よ。別に、歩けないわけではないし……」

「いいえ。やはりその姿が人目に触れるのは」

「だ、大丈夫だから！」

　リーシャは、顔を赤らめながら、素早く距離を取る。

　ヒースは、周囲に目を配りながら、別荘へと歩く。リーシャのことを考えて町の中を避け、のどかな田園風景の中を進んだ。

「ヒースは、ベネッシュ家を内部から調べているのでしょう？　中に入って、何か気づいたことはあるの？」

「そうですね。私は、オラルド様自身のこと、ベネッシュ家と領地のことをそれぞれ調べましたが――」

　ヒースは、書類を読み上げるかのように、平素の調子で言った。

「オラルド様は、女性と遊び歩くでもなく、王都でもこちらでも真面目に仕事をなさっているようです。自室には様々な種類の学術書がございました。放蕩息子とはとても言えないでしょう」

「わたくしも方々手を尽くしたけれど、オラルド様の悪い評判は聞けなかったわ。ベネッシュ家と領地の方は？」

「ベネッシュ領は、特に大きな不正もなく、堅調に成長しています。フィリップ様が大層勤勉に働いておられるようで、それが功を奏しているのですが……」

「オラルド様ね？」

「はい。一部、オラルド様を推す声もあるとか。フィリップ様は仕事はきっちりしておられるのですが、口下手なので領民や、領地内の一部の貴族からは煙たがられているようです。ですが、オラルド様がお嬢様と婚約されて跡を継ぐ可能性が完全に消えれば、その問題は解消されるでしょう」

「本人にも、実家にも問題はなし……ね」

（もう、破談にできる糸口なんてないじゃない……）

　頭の中で、オラルドとの婚約式の情景が浮かんでしまった。

「そういえば、フィリップ様は、婚約式にもご出席なさらないそうよ。婚約に賛成なさっているなら、いらっしゃってもいいのに」

「それは、オラルド様のことがお嫌いだからでは？」

「オラルド様もそうおっしゃっていたけど……」

(けれど、式典への出席は貴族の仕事のうちだわ。わたくしだったら、嫌いな人の行事にだって顔を出すし。それで縁が切れると思えば、尚のことよ)

「……ああ、そういえば」

ヒースが、リーシャの体に後ろから腕を回すと、胸元へおもむろに手を伸ばした。

(ひっ、ヒース!?)

「よかった、なんとか読み取れそうです」

ヒースの手は、リーシャにかけられたジャケットの内側から、紙片を取り出す。湿ったそれを、破れないよう丁重に広げた。

(な、何事かと思ったわ!)

どきどきと鳴る胸を抑えながら、ヒースへと身を乗り出す。けれど、身長差のせいで、なかなか肝心の文面が見えない。

リーシャが覗き見る前に、ヒースは紙片を畳むとベストにしまい込んだ。

「仕事の連絡?」

「……お嬢様が、ご覧になるほどのものではありませんでした」

「そう?」

(もしかして、メイドからの恋文とか!?)

「そういえば一昨日、だっ、誰かと出かけていたようだけど」

「ベネッシュ城の下男やメイドたちと、酒場に。情報収集するにも、酒が入っている方が楽ですからね。他の者たちは先に行っていたのですが、仕事が長引いて遅れてしまって」

二人きりじゃなかったと知って、内心で胸を撫で下ろす。けれど、二人が仲よさげに歩いていた様子を思い出して、かすかに眉根を寄せた。

「お嬢様に声をかけようかと思ったのですが、後ろにオラルド様の姿が見えたものですから。失礼いたしました」

「そう……って、え。それで、顔を背けた……の？」

「はい。フィリップ様はともかく、オラルド様には確実にバレますから。私は、特にあの方に嫌われているようですし」

（確かにあの後すぐ、オラルド様に声をかけられて……ってことは、わたくしが勝手に、ヒースの態度を深読みしただけだったってこと!?）

恋の病状は、かなり進んでいるらしい。

ヒースのジャケットの中で、リーシャは肩をすぼめる。真っ赤になった顔を、手で覆った。

「どうかなさいましたか？」

「……いいえ」

（……みっともなくて、死にたい）

あの後、すっかり取り乱して走り去ってしまった。

あれ以上、ヒースが他の女性と歩くのを見ていられなくて。

ヒースが自分の前から去っていくのがつらくて。

あっ、と声を上げて足を止める。すっかりのどかになった空を見上げながら、ぽつりと言った。

「もしかして、フィリップ様もわたくしと同じ気持ちで……?」

「お嬢様?」

「……ヒースは、フィリップ様とお会いしたの?　何かフィリップ様について、町で聞いたこと以外に気になることはない?」

「フィリップ様ですか?　寡黙(かもく)な方ですから、特にわかったことは少ないですが。ああ、でも」

「でも?」

「オラルド様の部屋を調べている時に、フィリップ様が訪ねていらっしゃいました。使用人の話では、仲が良くないとのことだったので、意外だったのですが」

「そうするとやはり、あの令嬢に婚約の話を流したのは、フィリップ様で……」

フィリップ様は、大きな嘘をついている。そして、オラルド様も。

(だって、あの時のオラルド様のお答えは、わたくしみたいだったもの……!)

別荘の前に着くと、リーシャはぴたりと足を止める。お仕着せを着たヒースを、静かに見据(みす)えた。

「ヒース。明日の昼までに、執事のウィスリー様と面会の約束を取りつけられる？」

「お嬢様のお名前をお出ししてよければ。間に別の使用人を挟んで依頼することは、可能かと思いますが……」

「お願い。きっとそれが叶えば、婚約は破棄できるわ。だって――」

リーシャは、背伸びをしてなんとかヒースに耳打ちする。ヒースは、了承するように目を伏せた。

「わかりました。やってみましょう」

「待って。もう一つ――」

こちらは、すぐにわかることだろうけど。

リーシャが伝えた頼みに、ヒースは聞き返すことなく頷く。リーシャの肩からジャケットを取り上げて、素早く袖を通した。

「それでは、私は急いで戻ります」

「ありがとう」

ほっと見上げると、ヒースが一歩近づいてくる。広い胸板で視界が覆われたかと思うと、ふっと柔らかい感触が、額に触れた。

（えっ……）

ヒースが、無言のまま走り去っていく。リーシャは、顔を赤くしながら額に触れた。

（えっ、今。今、ヒースが額に……）

キスをしたような。

気のせいかもしれない。そう思っても、そこに一瞬触れた感触は本物で。

(きっと、これは励ましというか、挨拶というか、そういうものよね⁉)

「リーシャロッテ！」

ヒースと通ってきた道を、金髪の男性が軽やかに走ってくる。オラルドは、リーシャの前まで来ると濡れそぼったドレスに驚いて目を見開いた。

「すみません。思ったよりも雨脚が強かったので、心配になってお探ししたのですが」

「まあ。わざわざありがとうございます。ちょうど、行き会った方に介抱していただけましたから。大丈夫ですわ」

調子を取り戻した笑顔で、頭を下げる。すぐさま、別荘へと向きを変えた。

「それでは、わたくし着替えますので。それと、予定を繰り上げて明日の昼には出立いたしますから」

「もう戻られるとは残念です。何か急用でも？」

入り口の階段を上る足を止めて、振り返ると、澄んだエメラルドの瞳に光を瞬かせながら、リーシャは自信たっぷりに笑った。

「ベネッシュ家の方々を歓待するための、素敵な婚約式の準備がありますから」

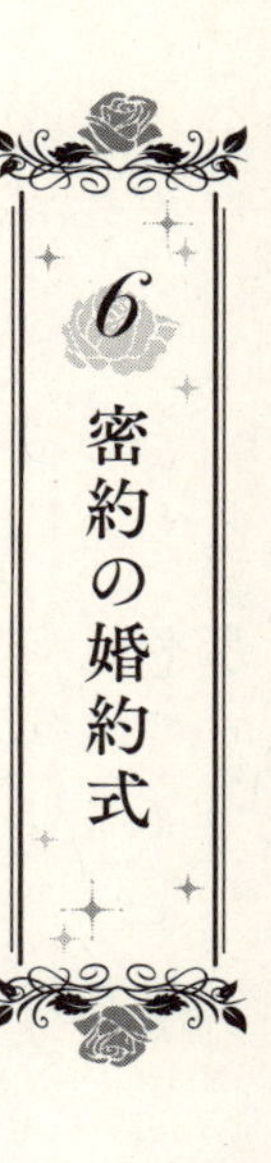

6 密約の婚約式

　深紅のドレスに身を包むと、不思議と気が引き締まる。

　それは、リーヴェン家の家色が深紅で、それを着る時は大抵、人生で何か大事なことがある時だからだ。

　頭のてっぺんから爪の先まで、店先に並ぶどの人形よりも完璧な飾りつけを終えたリーシャは、いつもよりさらにゆったりとした足どりで、屋敷の通路を進んでいた。

（いよいよ、だわ）

　緊張した体に、婚約式用のドレスがどっしりと重い。

　この日のために誂えた深紅のドレスは、リーヴェン家の紋章をアレンジした刺繍が細やかに施され、豪奢なつくりをしている。重厚で張りのある生地が、足さばきを難しくしていた。

　若い娘ならば軽やかなドレスが好まれるが、婚約式はそうはいかない。

　午後には、国王の前にこのまま進み出るのだ。

（ある意味、礼服みたいなものね）

庭へと続くドアの前に、男が立っている。平素と同じ、控えめな執事服。その手前で、髪飾りが揺れないほど静かに、リーシャは足を止めた。

「ヒース。準備はできているわよね？」

一つ、瞬きをしてから顔を上げると、ヒースが硬直したまま立ちつくしていた。おかしなことに、返事どころか身じろぎ一つしない。

「……どうかしたの？　もしかして、何か不都合でも？」

「いえ――」

ヒースは、一瞬口元を手で隠す。

途絶えた言葉を不思議に思って見上げたが、ヒースはすぐに顔を背けた。髪から覗いた耳が、かすかに赤くなっている気がする。

（……さすがのヒースも緊張しているのかしら？）

ヒースは咳ばらいをすると、リーシャの後ろでにやにやと笑っていたライカを一睨みしてから口を開いた。

「失礼いたしました。例のものは、昨日の夜にご連絡をいただいて、すぐに引き取ってまいりました。ライカに運ばせるように準備は終わらせてあります」

「そう」

この後のことを考えて不安に震える胸を、瞼を閉じて落ち着ける。

一から十まで、今日の段取りを頭の中でひとつずつ辿る。

大切な、やるべきこと。

リーシャは、手袋をした手のひらを眺める。

今日。この婚約式で破談にできなければ、この後は国王に報告して——。

もう、結婚を避ける道はない。

（そうしたら、もう……）

「大丈夫ですよ」

見つめていた手に、そっとヒースの手が重なる。言い聞かせるような言葉が、手を通して体に響いた。

（そう、よね。だって、ヒースもいるし）

心の中でそっとありがとうと呟く。感謝の気持ちを込めて、微笑んでみせた。

「それに、もしもの時のために、別の用意もしておりますので」

「別の用意？」

「……そろそろお時間でしょう。お急ぎください」

小首を傾げたところで、ヒースにそっと背を押される。

緊張で不協和音を立てる胸を抑えて、絨毯の敷かれた庭へと歩み出した。

婚約式を執り行う、庭園の先にある屋敷内の礼拝堂へは、すぐに着く。

庭を悠然と進み、薔薇園の手前で足を止める。屋敷よりも古い石造りの礼拝堂の入り口で、ブルーノが最上級の礼装で立っていた。

「来たね、リーシャロッテ。心の準備はいいかい？」

「はい」

父の広い手を、静かに取る。自然に腕へと手を回して、きゅっと、気持ちを込めて握った。

（ごめんなさい、お父様）

メイドの手によって、両開きのドアが少しずつ開かれていく。

ちらりと、一瞬だけ視線を脇に向けた。ヒースと目が合うけれど、何も合図はしない。

その必要も、ないはずだから。

ドアが、大きく開かれる。

行事ごとで必ず来てもらう、縁故のある司祭。

宣誓台の前に、落ちついた緑色の礼服を着たオラルドが立っている。その横に、ベネッシュ大公夫妻。執事のウィスリー。

（――きっと完璧な婚約式にしてみせるわ）

リーシャは、五人に向けて最上級の微笑みを向けた。

ブルーノに引かれて、するすると絨毯の上を進む。すぐに五人が待ち構える宣誓台の前まで辿り着くと、丁寧に膝を折った。

婚約式の主役が入ってきたというのに、礼拝堂の中が一瞬、しんと波を打ったように静寂に包まれる。

一呼吸おいて、一番口の達者なオラルドが戸惑いながら口を開いた。

「……すみません。あまりにお美しくて、驚いてしまいました」

「いや、本当に。以前の結縁の時もお美しかったが、なんというか今日はまた……一段と凄みがありますな」

「ありがとう存じます」

しげしげと驚いたように見てくる大公に、リーシャは照れたように笑う。

(とりあえず、摑みは予定通りね)

今日は、存在感がなくては困る。この後、悲劇のヒロインになる予定なのだから。

はっと自分の仕事を思い出した司祭が、頭を撫でながらリーシャとオラルドの前に進み出る。二人を宣誓台の前へと導くと、自分は台の奥へと回り込んだ。

「それでは、早速始めましょう。この後、国王の元へ赴かねばなりませんし、時間がずれ込むと大変なことになりますからな」

リーシャは頷いて頭を垂れながら、自分が入ってきたドアを確認する。入場した後にすぐ閉じられたドアは、ぴたりと静けさを保っていた。

(……まだかしら)

「婚約宣誓」

厳かな司祭の声が、礼拝堂の隅から隅まで反響する。横に並んだオラルドが目を閉じたのに従うように、胸の前で手を組んでそっと瞼を下ろした。

心の中で焦燥がちりちりと燃えている。

「両名は、いついかなる時も相手を尊び、思いやり、尽くす者なり。いかなる苦難、辛苦をも共にし、分かち合う者なり」

いつも長々と説教をしたがる司祭なのに、今日は口が早いような気がする。

(大丈夫。ヒースとは、何度も確認をしたし――絶対)

「いかなる嘘も排し、真実をもってお互いを愛し、育み合う者なり」

宣誓書の読み上げが終われば、署名をして婚約式は終わりだ。

(準備期間に比べて、式の時間が短すぎるのではないかしら?)

次の一節で、もう終わってしまう。思わずかすかに瞼を開ける。けれど、誰一人微動だにせず、司祭の声以外何も聞こえなかった。

「この誓約書は神と国王が認めるところにより、真実のものとなる。以上」

覚悟を決めて、姿勢を正す。一仕事終えた司祭が、穏やかに微笑みながら台上に、薄く滑らかな紙を広げた。

「さあ、サインを。リーシャロッテ」

「……書くのは、新婦からでしたわね」

司祭から羽ペンを受け取りながら、ぎこちなく微笑む。婚約に緊張しているように見えるだろう。本心は違うけれど、その緊張だけは本物だ。

(――早く)

震える手で、宣誓書の左にペンを置く。かすかに、ペン先にインクが滲んだけれど、右手が動かなかった。

嘘でも、ここに名前を書いてしまったら——。

（でも、書かなくちゃ。このまま固まるのは不自然で）

「リーシャロッテ？」

横にいたオラルドから、声をかけられる。リーシャは息をつめて、右手に力を込めた。

（ごめんなさい！）

サインの一文字目を紙に滑らせる。

瞬間、静寂を突き破って、ドアを押し開ける音が響いた。

ペンを取り落として、振り返る。フィリップが、礼拝堂の入り口に息を切らして立っている。

さすがに、今日は釣り用の服は着ていない。執務用の服なのか、礼服に近いジャケットの袖で額の汗を拭うと、顔を上げた。

「……間に合った」

「フィリップ！」

「兄さん!?」

（来たっ……！）

微笑みかけた表情を引き締めて、リーシャは怯えたように後ろへ下がる。フィリップの目につかないよう、扉の奥に下がったヒースの姿がちらりと見えた。

「フィリップお前、今日の婚約式には来ないと言っていただろう。なのに、突然連絡もなしに」

大公が、ブルーノを気にしながら声を荒らげる。フィリップは扉に手をついて、呼吸を整えた。

「連絡を寄越すよりも、来た方が早かったものですから」

「それにしても、どうして急に？」

「それは……」

「……まあいい。早くこちらへ来なさい」

フィリップが、ブルーノとリーシャが入場した中央通路の真ん中を進む。宣誓台の前に立ち並ぶリーシャとオラルドに目を向けると、ぐっと奥歯を嚙み、あからさまな仕草で目を背けた。

先日の自分を思い出して、胸の中が疼く。

（けれど、それも……わたくしが解決してみせますから）

「無精な息子で申し訳ない。それでは――」

「お待ちくださいませ」

リーシャは、凛とした声を礼拝堂に響かせる。大公の横へ下がろうとしていたフィリップが足を止めたのを確認してから、ブルーノへ向かっておもねるように首を傾げた。

「お父様。わたくし、フィリップ様に差し上げたいものがあるのですけれど」

「……今かい？」

ブルーノが、珍しく困り顔で腕を組む。リーシャは、申し訳なさそうに体の前で小さく手を合わせた。

「先日、結縁でフィリップ様をおもてなしできなかったことが、どうしても気にかかっていて。せっかくいらしてくださったんですもの。フィリップ様にも礼を尽くしてから、心おきなく宣誓書にサインしたいのです」

引き出物を一つお渡しするだけですから、と時間がかからないことを付け加える。ブルーノは、こめかみを押さえながら、ううんと小さくうなった。

「まあ、大公がいいとおっしゃるなら」

「お許しいただけますか？」

リーシャの問いに、大公は渋り顔で頷く。非礼をしたのはフィリップだから、文句もつけにくいだろう。

リーシャは禍根を残さないように至上の笑みを返すと、教会の真ん中で佇んでいるフィリップの前に、何事もなかったかのように進み出た。深紅の裾を広げながら恭しく礼を執り、甘く、くすぐるような声で言った。

「フィリップ様、初めて御目文字いたしますわ。チェレイア国副宰相、ブルーノ・リーヴェン公爵の娘、リーシャロッテ・リーヴェンと申します。どうぞ、お見知りおきを」

「あ、ああ……そうだったな」

フィリップが、初対面の設定に一瞬戸惑いながらも、頷く。リーシャは、にっこりと微笑みかけた。

「本日は、いらしてくださってうれしいですわ。先日おもてなしできなかったお詫びに、フィリップ様に特別な引き出物をご用意しましたの。受け取ってくださいますか？」

「しかし、あれは私が――」

「わたくしのためと思って、お願いいたします。きっと、フィリップ様が欲しいとお思いのものですから」

「私の欲しいもの？」

リーシャが壁際に向かって合図すると、侍女風に正装したライカが、純白の箱を携えてくる。リーシャはそれを手にとると、フィリップに向かって差し出した。

「開けてくださいますか？」

「……ああ」

（どうか、お願い！）

リーシャの前で、フィリップは顔をしかめながら、箱の蓋をそっと持ち上げる。中を覗き見て、息を呑んだ。

「これは――」

「リーシャロッテ、それは」

背後にやってきたオラルドが、フィリップと同じように絶句する。懐から何やら探り当てると、装飾の施された鎖を引く。無言のまま、箱の中に収まったそれと見比べた。

「それは、昔私が贈った……」

壁際から、大公がおおっと低い声を上げる。

リーシャはやっと――ほっと、本心から息を吐き出した。

「よかった。偽物ではないようですわね」

本番まで確認ができなかったから、肝を冷やした。これが本物でなければ、全てがご破算だった。

リーシャは、箱の中からてらりと輝くそれを、そっと持ち上げる。窓から射し込む光に翳して、うっとりと眺めた。

先日、オラルドから見せてもらったものと、瓜二つ。けれど、装飾の意匠は、鏡のように対称的だ。

伯母や、父の仕事の関係で知り合った宝飾品好きなご婦人方に、協力を依頼した成果だ。

（水晶自体のサイズが大きかったから不安だったけれど、他の物に加工されていなくてよかったわ。そうしたら、絶対に見つけられなかったもの）

「なぜ、それを……」

「わたくし、フィリップ様に喜んでいただける引き出物を準備したくて。それで、大公家のことに一番詳しい執事のウィスリー様に、恥を忍んでご相談したのです」

フィリップが、大公の後ろに控えるウィスリーを苦々しそうに睨みつける。ウィスリーは、視線の鋭さに体を小さく震わせて、頭を下げた。

「フィリップ様、ウィスリー様をお叱りにならないでください。わたくしが、お話を偶然お聞きしてしまっただけですの」

そんなのは、もちろん嘘だ。

雨に降られた翌日、リーシャはウィスリーだけを内密に別荘に呼んで歓待し、フィリップが水晶をなくした経緯を聞き出した。

オラルドが旅に出ていた頃、フィリップは一人回った領地で荷物を盗られ、なくしてしまっていた。

（オラルド様の読みは、正しかったのよ。捨ててしまったということ以外は）

フィリップから指示されて、継続して捜してはいる。けれど、なぜか家の名前を出して大々的に捜すことを禁じられているから、このままだと見つからずじまいだろう——と。

ウィスリーは、困ったようにそう漏らした。

（もっと早めに手を打っていれば、簡単に見つけられたのに。盗品から流れ流れて、南西のランフォード領まで行っていたのよ）

婚約式まで日数がなかったから、大慌てで人脈を当たり、捜させたのだ。こういう時に、日頃完璧令嬢として顔が広いことが役に立ったのだから、人生というのはわからない。

「出過ぎたことかと思いましたが、別の引き出物を探している中で、偶然知り合いから所在を聞いたものですから」

「でも、兄さんはなくしたと。盗られたなんて一言も」

呆気にとられたオラルドが、フィリップの背中を見ながら口に手を当てる。フィリップは、ばつが悪そうに横を向いたまま、歯切れ悪く言った。

「……理由はどうあれ、私がなくしたことにかわりはないだろう」

「そうだった。兄さんは、そういう人だったよ」

リーシャは、灯りに翳した水晶を、フィリップの手のひらに、静かに載せた。

「とても大切なものだから、ずっと捜しておられたのですよね？」

「…………」

フィリップは手を傾けて、水晶を軽く揺らす。反射した光が、フィリップの顔にモザイクのように映った。

「これを父からもらったのは、十三の時だった。父が分割統治を任せている領主から献上されたもので、私とオラルドのためにと、特別に職人に細工を頼み、作らせたんだ」

「それは私も覚えているが、そんなに大切にしていたとは。無くなったのなら他の物を用意させたのに、何故言わなかったんだ」

「……新しく用意しても、これの代わりにはならなかったからです」

フィリップが、軽く目を伏せながら手を握る。水晶が反射していた光が、彼の手のひらに隠れて消えた。

「この水晶に、大切な誓いを――約束を立てていたから。二人で」

「……俺たち二人で、ベネッシュ領をチェレイアの八大領の中で、最高の領地にすると」

宣言するように明瞭な声が、礼拝堂中に響いた。

その声は、今まで聞いた中で一番澄みきっている。ベネッシュ領の川を流れていた、清涼な水のように。

呆然とするフィリップを見ながら、オラルドは言葉を続けた。

「二人でよく行っていた、川辺の橋でね。俺と兄さんは、ベネッシュ領をどうしていきたいのか、いつも話し合っていたから。それは、自然な願いだったんですよ」

オラルドは、フィリップに首をすくめてみせると、リーシャロッテの肩に手を置いた。

「……ここまで来たら、全てを説明しろということですよね？」

「さあ、なんのことだか」

「兄さんが、自主的に婚約式に来るはずがない。そのお膳立ても貴女が――いや、ヒースが貴女の指示でしたのでしょう？」

（その察しのよさを、フィリップ様に分けて差し上げればいいのに）

「わたくしにはさっぱり。でも――」

諦めのため息をつくオラルドに、リーシャは顔を寄せる。その耳に、そっと囁いた。

「実はわたくし、先日、ある人とケンカしてしまいましたの」

オラルドに囁きかけながら、手を取る。一瞬驚いて震えた手を、そっと包み込んだ。

「その人は、わたくしのことをとても大切にしてくれていて……でも、わたくしにはそれが見えていなかったんです。そして、わたくしもその人を大切にするあまり、本当の気持ちを伝えなかった」

伝えればきっと、相手が苦しむだろうと。

不要なものを、抱えさせるだろうと。

「……たとえ、相手のことを思いやっていても、誤解させて傷つけることもある。言わなければ、伝わらないこともありますわ」

相手のことを気遣うから、すれ違って。

(そういうことは――あるもの)

きっと、二人も。

フィリップとオラルドも、お互いを思い合ったからこそ誤解が生じてしまったのだ。

オラルドの幸せを願うフィリップは、婚約に賛成していた――しようと努力していた、と言う方が正しいかもしれない。

オラルドが未練を覚えないように、彼を突き放し、遠ざけて。引き留めたい気持ちを飲み込むために、結縁にも婚約式にも出席しないで。

令嬢に、オラルドの婚約の話を流してしまったことが何よりの証拠だ。

ヒースには、リーシャを襲った令嬢が出席していたベネッシュ領での舞踏会に、フィリップも出ていたことを彼付きのメイドに確認してもらった。

口を噤んでいた令嬢も、フィリップの名を出すと、あっさりと認めた。フィリップは、オラルドが問題なく婚約するために、よく実家に手紙を送りつけていた彼女を諌めようとして、婚約のことをほのめかしたらしい。

最初は、婚約を潰そうとしてやったことかと思っていたけれど、それはリーシャの勘違いだった。

それすらも、本当はオラルドの婚約を円滑にするための行動だった。

結果的に、フィリップの意図は裏目に出てしまったけれど——フィリップは、オラルドのことを本当に思いやっていたのだ。

だからこそリーシャは、その事実を明るみに出すとほのめかした匿名の手紙で、フィリップを婚約式に呼びつけた。

二人のすれ違いを、解くために。掛け違えたボタンをはめ直すために。

二人が、本当に望む幸せを手に入れるために。

リーシャは、壁際を盗み見る。

心配そうに手を組んでなりゆきを見守るライカの横で、ヒースはあくまで微動だにしない。落ち着いた眼差しで、ただリーシャを見返していた。

焦りも、不安も見せない。ただ静かに立っている。

――何があっても、どうなっても、ずっと変わらずそばにいると。

まるで、大丈夫だと語りかけられたみたいで、胸が熱くなる。

リーシャはそっと目を閉じて、摑んだ手に力を込めた。

「……ですから、オラルド様にも本当のことを話す機会を差し上げたい、と思ったんです。ずっと――フィリップ様のために我慢してきたことを、どうぞお話しください」

「どういうことです？」

「簡単なことですわ」

オラルドは、一度も「貴女と結婚したい」とは言っていない。

普通の貴族なら、誰でも結婚したがるだろうとは言っていたけれど――そこに自分が含まれるとは言っていない。

リーシャと同じ、ただの模範解答。

（オラルド様も、案外大切なことは顔に出るタイプだから。何より）

拍子抜けした顔のオラルドに、リーシャはとびきりの笑顔を送った。

「オラルド様は、フィリップ様のことを、ベネッシュ領のことを話しているときが、一番うれしそうでしたから」

オラルドが、はっと瞳を見開く。一度、そっと目を伏せたかと思った次の瞬間、リーシャの頰に柔らかな感触が触れた。

「あなたって人は」

（……!?）

オラルドが、リーシャから静かに離れて前へ出る。一度両親へ向けかけた視線を、傍に立つフィリップに向けた。

「俺は、本当は――まだ家を出たくありません」

「オラルド!?」

大公夫人が、息を呑む。オラルドは苦しそうに目を逸らそうとしたものの、なんとか踏みとどまった。

「わがままだとは、わかっています。でも、俺はまだ領地で兄さんの手伝いをしたいんです」

「何を今さら」

フィリップが、オラルドを冷ややかに見下ろす。悔しさを声に滲ませながら、吐き捨てた。

「お前はうちを出て行った。一人でチェレイアを気ままに旅して回って――」

「それも、兄さんの助けになれると思ったからだ。兄さんは、社交的じゃないから旅行も苦手だろ。そこを、俺が穴埋めして様々な地方を実際に見てこられればと思ったんだ」

オラルドが、ため息をつきながら髪をかきあげる。フィリップは、唖然と口を開けた。

「……てっきり、領地が嫌になったものとばかり思っていた。旅から帰ってきても、お前はすぐ王都に移住してしまうし」

「ベネッシュ領にいると、兄さんの迷惑になると思ったんだ。すぐに周囲が……勝手に盛り上がるから。だから、婚約に了承した。穏便に、家を出ていけると思って。それに、もう約束も捨ててしまったと思っていたから」

オラルドは、フィリップの手に握られた水晶を見つめる。はっと、肩で息をした。

「でも、兄さんは今、実際に困っているだろ。父上から引き継いだ領地と、うまく連携が取れていないと聞いた」

礼拝堂に、オラルドの声がしんと響きわたる。オラルドは、フィリップの前に片膝をついた。

「もしできるなら、できることならもう少しベネッシュ領に俺を置いてほしい。昔の約束を、兄さんと叶えたい……今、何より兄さんの力になりたいんだ」

大公が、声を荒らげながらオラルドに駆け寄る。胸元に指を突きつけた。

「お前、そんな勝手なことが許されるとでも思っているのか!?」

「まあ、今やっている仕事を拡張する形とでも思ってもらえれば。王都との繋ぎは、元々俺がやっているんだから」

「そんな適当な」

「父上、私からもお願いします」

大公の手を押さえるように、フィリップが間に割って入る。

「私は、この婚約には賛成でした。せっかくの良縁ですから、このまま幸せになってほしいと。オラルドが領地を出て行った方が、自分の立場も安定するだろうと……ですが、それは自分の気持ちを誤魔化していたに過ぎません」

フィリップは、オラルドを庇うように大公の前に立つと、何かに耐えるように、目を伏せた。

「父上の耳には、皆入れないようにしているかもしれませんが、オラルドが言う通り、管轄を任された地域の領主と、うまくいっていない面はあります。勿論、全て人任せにするつもりはありません。私は私なりに、学び取り、行く行くは一人でも問題なく治められるようになりたい。けれど今は、もしも叶うならば――もう少しオラルドをこの地に留めていただけないでしょうか」

「フィリップ……」

「責めるなら、どうぞ私を。不甲斐ない跡継ぎで、申し訳ありません」

フィリップが深々と大公へ頭を下げる。けれど、再び顔を上げてオラルドに向き直った時には、すっきりとした顔をしていた。

「……お前の協力などいらない。私は一人でも、ベネッシュを最高の領地にできる――そう言って、お前を送り出せる兄でありたかった。すまない」

「俺は、そのままの兄さんがいい」

オラルドが前に進み出て、フィリップに手を差し出す。フィリップは、一瞬迷った末に、その手をがっちりと摑んだ。

大公は、赤い顔をしながら頭を抱えて、二人の息子の顔を睨みつけた。

「ああ、勝手に話をまとめるな！　大体、そんな願掛けをしていたならなぜ、私に言わなかった！　あらかじめ、私に言っていれば——」

「わざと父上には内緒にしたんです。だって二人で最高の領地にするなんていったら、遠回しに父上の統治を非難することになるでしょう？　俺たちなりの気遣いですよ」

「そんな気遣いはいらん！」

大公が、オラルドに向かって一喝する。その横で、大公夫人が頭を抱えながら、体を傾けた。

「……まさか、こんなことになってしまうなんて！　申し訳が立ちませんわ」

「大公夫人、落ち着いてください」

リーシャは、がっくりと肩を落とした夫人の手を取ると、一番手前の長椅子へ、支えながら腰を下ろさせた。

「領地のためにも、そしてお二人のためにも、オラルド様には今しばらく、ベネッシュ領で働いていただいた方がよろしいかと存じます。幸い、婚約の噂はまだもみ消せる範囲でしょう」

次に壁際に立っていたブルーノを振り返ると、言葉を選びながら、父の立場を慮る娘らしく言った。

「ねえ、お父様。ベネッシュ領は、お父様にも友好的な領地。副宰相のお父様にとっても、ますますの発展は喜ばしいことでしょう？」

「まあ、それはそうだけど」

「だが、リーシャロッテ嬢。それでは、あまりにもあなたが」

「わたくしは、構いませんわ。もちろん、とても残念ですけれど……」

（だから、どうかっ……！）

そろそろ、ずっと求め続けてきた単語が聞きたい。

困ったように微笑みながら、胸はどきどきと鳴っている。

「こんなことになってしまったのは、全てこちらの不手際。ブルーノ公爵、リーシャロッテ嬢——」

オラルドに文句を言い尽くした大公が、深々とため息をつく。ブルーノの前に、重い足どりで進み出ると、頭を下げた。

「大変申し訳ないが、どうか……破談ということに」

（もちろん……っ）

「ちょっと待ってください」

前につんのめりかけた体を、床に釘で打ちつけるようなよく通る声。

その場にいた人間の全視線が集中した。

場の中心で視線を浴びながら、オラルドが両手を上げて、首をすくめた。

「別に、破談にする必要はないでしょう？　俺は、このままリーシャロッテと婚約したい」

「なっ――」

(何を言いだすの!?)

叫び声を、驚いたふりをしながら両手で押さえ込む。

「お前、何を言ってるんだ！　さっき、実家に戻ってフィリップの手伝いをすると――」

「もちろん、兄さんの手伝いはしますよ。でも、兄さんと僕が本気で取り組めば、領地の貴族たちとの関係なんてすぐに改善できる。その後に、結婚すればいいじゃないですか」

「それは……まあ、そうか」

大公が、オラルドの勢いに押されて口ごもる。リーシャの背中を、つっと冷や汗が流れた。

(ちょ、ちょっと待って！　そんな、せっかくわたくしが破談のためにこんな――)

あの手この手を尽くして、兄弟二人を和解させたのに。

リーシャは動転しながらも、困ったように眉を下げる。引きつりかけた唇をくっと曲げて、無理矢理笑顔を作った。

「オラルド様。わたくしのことを気遣って無理に婚約していただかなくても……」

「まさか。無理にではありませんよ。むしろ、今回のことで貴女に心から興味と――好意を持ちました」

「興味と、好意？」

「最初は兄のためにと思っていましたし、何度かお会いして純粋に心惹かれていましたが――今は、貴女とだから婚約したい。貴女のことが、本当に好きになったんです。貴女は、完璧ではない。でも、そこが素敵な女性だ」

「……っ」

オラルドが、髪の毛に指を通しながら、唇を落としてくる。反射的に肩をすくめたリーシャの前に、ためらいなく膝をついた。

「俺と婚約してください、リーシャロッテ」

（そ、そういうよくわからない思いきりはいいですから！）

振り返ってみれば、こんなに真正面から直球で――告白されたのは初めてだ。

動転しながら、まわりに助けを求めて首を回す。

ブルーノは、あまりの展開にあんぐりと口を開けたまま固まっている。大公も、フィリップも、すっかりオラルドのペースに呑まれて、目をしきりに瞬かせていた。

口を差し挟む者は、誰もいない。

これじゃあ、全ての苦労が水の泡だ。

「ええと、その……」

とりあえず、距離を取って落ちつこうと、苦笑いしながら半歩下がろうとする。

その時、背中が何かとぶつかって、足が止まった。

一瞬、肩に手を置かれる。顔を上げた時には、黒い執事服が庇うように前に出ていた。

「オラルド様、少々よろしいですか？」

ヒースが、涼やかな顔でさらに一歩踏み出す。けれど、その口元にはめずらしく、かすかに笑みが浮かんでいた。

「『華麗なる令嬢との密やかな恋』」

「は？」

ヒースがそう囁くと、オラルドは整った顔をしかめた。参列者に片手を上げて断りを入れてから、連れだって壁際に移動する。

警戒心を剥き出しにするオラルドに、ヒースは淡々と解説を付け足した。

「たしか、貴方の出世作でしたよね？　オラルド様。いえ、副業の恋愛小説家名でお呼びした方がよろしいですか？」

「どこから知った」

「それは内緒です」

すました顔で、短く答える。

「あらすじはこうでしたね。公爵令嬢と他国の外交官の貴族が、国同士の争いに巻き込まれながらも恋を成就させる――」

「それがどうかしたのか。というより、読んだのか？　お前が、あれを？」

どんな顔をして読んだんだ、とオラルドは顔を引きつらせながらぽつりと呟いた。

嫌味は、すました顔で流してしまうに限る。ヒースは声色を変えずに、さも驚いたように続けた。

「まさか、オラルド様が恋愛小説をお書きになっているとは思いませんでした。旅行の経験を活かした舞台設定で、非常に人気が高いとか」

「それで？」

「せっかくですから、皆様に正体を広められてはいかがです？」

「遠慮する。俺は、小説の世界では、俺の名前じゃないところで仕事をしたいんだ」

「なるほど。ご高説ごもっともです」

「だが、俺が裏で小説家をやっていることをばらしたければ、ばらせばいい」

オラルドが、挑戦するようにヒースを睨みつける。

「その程度の脅しで、俺はリーシャロッテとの婚約を諦めないからな」

先ほどの告白は嘘ではないらしい。

となれば、あまり褒められたことではないけれど、仕方がない。

表情を変えぬまま、その射るような視線を受け流す。ヒースは、宙に視線を漂わせながら、ぽつりと言った。

「……『わたくしも、以前から貴方のことをお慕いしておりましたの』」

「は……？」

「『そう告白した瞬間、彼の長い腕で覆うように抱き寄せられていた。ボックス席の中で、黄色いシフォンのドレスが暗がりに揺れる。彼女は戸惑いながらも、彼の腕の中でその逞しい胸にそっと寄り添う。背中に回された手が、あたたかくもこそばゆい』」

「お、おい。お前、それ……」

「『劇場を震わせんばかりの拍手が鳴り響いているはずなのに、胸が苦しくてそんなものは微塵もわからなかった。腕の力が緩んだのを合図に顔を上げると、彼のグレーの瞳の中に自分の姿が映り込む。こういう時に、どうすればいいのかわからない。けれど、彼女はそのまま静かに緑色の瞳を閉じ自ら艶やかな唇を』」

「ちょっと待て……！」

恨みを込めて睨みつけてくる視線に答えるように、ジャケットの内側から一片の紙片を取り出す。オラルドからよく見えるように、指に挟んで翳してみせた。

「偶然、手に入れてしまいまして。まだ世に出ていない貴重な原稿を拝見できるなんて、幸運ですね」

「お前、それ……俺の、試し書きを……いつの間に俺の部屋に⁉」

「政略結婚で出会った貴族の男女が、少しずつ心を通わせていく——とても素敵なお話ですね。お相手の女性が、リーシャロッテ様をモデルにしていること以外は」

「は……？」

オラルドは、やれやれとでも言いたげに顔を背けた。けれど、一瞬、目を見開いたのを見逃さない。

「言いがかりだ。確かに多少容姿は似てるかもしれないが」

「多少？　あれだけ似せていてどこがです？　着ていた衣装も、何から何まで一致しますし。『雨の雫を模したダイヤの髪飾り。黄色のシフォンのドレスに、花飾りのついた――』」

「そんなことまで覚えているって、完全にスト――」

「私は執事ですから。何か文句でも？　それより、相手役を自分にしておいて、私に文句なんてよくおっしゃいますね」

「……お前な！」

オラルドが、顔をしかめながら苛立ちまじりに拳を握る。

「その原稿は本にするために書いたわけじゃない。だから、外に出ることはないし――」

「自分の趣味のためにお書きになったんですか？　これを」

「別にいいだろう！　人の個人的な創作物に文句をつけるな！」

「では、せっかくの素晴らしい内容ですから、文句をつける代わりにお嬢様にも教えて差し上げて問題ありませんよね？」

「そんなことしたら、婚約しても、普通に引かれて嫌われるだろう⁉」

それはそうでしょうね、とあくまで淡々と返す。

恋愛小説好きのリーシャなら、もしかしたら喜ぶ——という可能性もなくはないが、そんなことを教えてやる義理はない。

オラルドが、眉を上げながら髪をかき上げた。

「……なんでお前は、そう俺の嫌がることばかりやるんだ」

「そんなこと、決まっているじゃないですか」

襟首を掴まれながら、しれっと言い放つ。ついでに、意地悪い笑みも付け足してやった。

「俺は、この婚約には最初から大反対ですので」

「……一体、何を話しているの？」

あまりに長いせいか、リーシャが躊躇いがちに近づいて、上目遣いに顔を覗き込んでくる。

「二人でこそこそ話しているから、何がなんだか……」

「オラルド様に、僭越ながら人生の先輩として一つ二つ、助言させていただいておりました」

「助言じゃなくて脅迫の間違いだろう⁉」

「……脅迫？」

不思議そうに唇を指で押さえたリーシャを見て、オラルドの肩がびくりと跳ねる。自分が書いた文章を思い出したのか、顔をかすかに赤らめながら視線を逸らした。

「いえ――」

周囲で、二人が話す様子を見ていた面々も、怪訝な顔をし始める。

そろそろ、けりをつけなければ。

ヒースは執事の顔で、オラルドへ向き直る。手本のような、正しい発音で言った。

その内容は、いささか執事らしさとはかけ離れていたけれど。

「それでは、バラされたくなければ、大人しくお引き取り願いましょうか」

「こんの腹黒執事！」

最上級の褒め言葉だ。

たまに浮かべては使用人たちを震え上がらせる氷のような笑顔で、ヒースはにっこりと微笑んだ。

epilogue エピローグ

薔薇の垣根の前で、少しだけ腰をかがめる。ベルベットのように艶々とした深紅の花びらを、リーシャはそっと指でなぞった。

「きれいに咲いているわね、よかった」

今日は家庭教師の授業もない、久しぶりの休日だ。

細々とした屋敷内での仕事は、昼までに早々に済ませてしまった。

今日は来客にも応待しないと伝えているから、誰かがこの時間を邪魔することもないはずだ。

ここのところ、オラルドとの婚約話にかかりきりだったから、穏やかな休みはいつ以来だろう。

ヒースとオラルドが、小声で話し合った後。

なぜか、突然オラルドは「やはり機会を改めます」と、リーシャロッテへの婚約の申し込みを取り下げた。

国王には、今回の件は自分に責任があると言い張ったベネッシュ大公とフィリップが、直接足を運んで婚約が破談になったことを伝えた。

その後、何の連絡もないから、特に対外的な問題はなかったはずだ。

背筋を伸ばして見回すと、庭のあちこちの株が、色とりどりの花をつけている。

その間をゆったりとした足どりで歩きながら、リーシャは上機嫌で日傘をくるりと手元で回した。

（ああ、でもこれ。これがわたくしの求めていた、穏やかな日常だわ）

先ほどまでライカとお茶をしていた東屋に、再び腰を落ち着ける。

「リーシャロッテお嬢様」

春風に乗って、控えめな呼び声が耳に届く。

庭の入り口に、銀盆を抱えたヒースが立っていた。その上に乗った大量の手紙を見て、リーシャはふうとため息をつく。オラルドと噂が立ってから、手紙の量は増える一方だ。

特に、若い男性から。

今まで浮いた噂がなかったことが自衛になっていたのだが、どうもその箍が外れてしまったらしい。これから返事の手間がさらに増えると思うと、肩が凝りそうだ。

ヒースは、手紙の山をリーシャの脇に下ろすと、積み重ねられた連絡帳の下に挟まっていた本を引き抜いた。

「これは――」

(なんでそういうところに目敏いの!?)

リーシャは、ヒースの手からさっと本を取り上げる。そそくさと、連絡帳の下に押し戻した。

「ほら、ええと、以前お借りした本の続きを、また貸していただけたの」

もちろん、発売日に例のごとくライカを拝み倒して、買いに行ってもらった私物だけれど。

見えないように隠したものの、連絡帳の上からつい所在を確認してしまう。ふっと、かすかに肩を落とした。

「浮かない顔ですね。あまりおもしろくなかったのですか?」

「いいえ、そうではなくて……実はこの小説、途中で終わってしまったの」

極端な落胆に見えないように、注意しながら言葉を選ぶ。

けれど、本当は三日三晩は嘆き悲しみたいくらいだった。読みたい物語の先が読めないことほど、つらいものはない。

(ああ、せっかくの執事ものだったのに……)

「とてもいいところだったのだけど、もうこのお話の続きは書く気がなくなってしまったんですって。なんでも作者の方が、極悪な執事から嫌な目にあわされてしまったとか。お気の毒だわ」

「……あの男」

「何か言った？」

「いいえ、なんでもございません」

「次は新しいお話になさるとか。それはそれで楽しみだけれど、気に入っていたから残念だわ」

（お手紙で続きのお願いでも……だめね。そんなものを書いたら、完璧令嬢のわたくしがファンレターを出すほどの愛読者だと、足がついてしまうかもしれないわ）

ヒースが、持ってきたペンとカードを台へ並べる。リーシャは準備が整うのを待ちながら、何度目かの質問を呟いた。

「そういえば、結局、オラルド様の秘密は何だったの？」

婚約が破談になり、ベネッシュ家の面々が屋敷から帰っていった後、リーシャは婚約式の片づけをしながらヒースに尋ねた。

どうやって、オラルドの婚約を取り下げさせたのかと。

けれど、ヒースの回答は、思ったより言葉少なで。

『彼の個人的な秘密を、偶然知ってしまったので、大変心苦しくはあったのですが、交渉材料に使わせていただきました』と。

「……お嬢様は、そんなにオラルド様の秘密に興味がおありなんですか？」

「そういうわけではないけれど」

ヒースが、人差し指をかすかに唇に当てる。薄い唇が、艶めいて見えた。

「あまり、詮索なさらない方がいいですよ。誰しも、一つか二つは、絶対に隠し通したい秘密というのがあるものです」

(秘密……)

心の中で反芻している間に、ヒースが一歩近づく。子どもの頃から大人びていた雰囲気そのままに成長した端正な顔を見返した。

「……ヒースにもあるの?」

「ありますよ」

「一体、どんな——」

言葉の途中で、ふっと、ヒースが朗らかに微笑む。珍しい表情に固まっていると、潜めた声で囁かれた。

「お嬢様には、ございませんか?」

「わたくしにはっ……」

(ヒースに秘密にしているのは……ヒースを好きなことだけよ)

黙り込んだまま、身を引く。ヒースは何事もなかったかのように立ち上がると、東屋の段差を静かに下りた。

そういえば、恋愛小説を好きなことも、秘密に挙げてもいいかもしれない。

そう考えたところで、ヒースの背を見上げた瞬間に気づいた。

はぐらかされた、と。

「リーシャ！　ただいま。ここにいたんだね」

ジャケットを脱いだブルーノが、軽やかに手を振りながら歩いてくる。リーシャは、連絡帳を横によけて、その場に立ち上がった。

「お父様。今日は、早かったのですね。おっしゃっていただければ、お出迎えいたしましたのに」

「リーシャも、ここのところ忙しかったから、休ませようと思ってね。ほら、オラルドのことでも落ち込んでいるだろう？」

ブルーノがしんみりとした調子で、リーシャの肩を抱き寄せる。

「心配しなくても、リーシャには僕がもっといい縁談を見つけてきてあげるから。すぐにでもね。だから安心しなさい」

「ありがとうございます」

（また？　またなの、お父様!?）

反射的に笑顔で答えながら、なんとか穏便な反論を探り当てた。

「でも、あまりご無理はなさらないでくださいね。わざわざヒースに、あんな真似までさせることはありませんし――」

「あんな真似？　何のことだい」

ブルーノが、リーシャの言葉にきょとんと首を傾げる。円らな瞳を突き合わせて、リーシャはぱちぱちと瞬きした。

「だって、お父様ったら、ヒースをベネッシュ領に行かせて」

「お嬢様!」

ヒースが、リーシャの言葉を遮る。代わりに、ブルーノに向かって静かに頭を下げた。

「申し訳ありません。お休みをいただいていたことを、お嬢様にご報告しておりませんでしたので、誤解させてしまったようです」

「ああ、そうだったんだ。まあ、リーシャも許してやりなさい。ヒースは、うちに来てから一度も休みを取ったことがなかったんだし」

「……休み?」

ヒースが、目を伏せてこめかみに手を当てる。その様子に微塵も気づかないブルーノは、まるで実の息子のことのように、楽しげに口を開けた。

「今まで何度も休みを勧めても、取ってくれなかったからなあ。お前が婚約準備で忙しい時期だったから驚いたけど、心を許してくれたみたいで、僕はうれしかったよ。しっかり羽は伸ばせたかい?」

「——はい」

「今後ともよろしく頼むよ。それじゃあ、僕は今日も舞踏会があるから。大丈夫。相手は姉上に頼んでいるから、リーシャは屋敷でゆっくりしていなさい」

「それでは、衣装のご準備を——」

「ヒースもいいよ。最近、復帰したヴィンセントがやる気だから」

ひらひらと年甲斐もなく陽気に手を振りながら、ブルーノが屋敷へと戻っていく。その後ろ姿が壁の向こうへと消えると、リーシャは恐る恐るヒースへと視線を移した。

ヒースは、まだブルーノの消えた方を向いて立ちつくしたままだ。

（どういうこと？　だって、ヒースはベネッシュ領で会った時、お父様のご命令だって――）

あれが、命令じゃないとしたら。

わざわざ、自分が持つ使用人の縁故を利用して、あんな面倒なところへ潜り込んで――。

（もしかして……初めて休暇を取ってまで、わたくしのために？）

「ヒース。わたくし、決めたわ」

熱くなった胸の前で手を握りながら、決意を込めて呟く。

これが、本当の――真実の宣誓だ。

「わたくしは、諦めない。きっと、最後まで闘って、わたくしの望む幸せを、手に入れてみせるわ」

「それなら、お嬢様がそれを手に入れるまで、おそばにいましょう」

いつの間にか、ヒースが振り返っていた。混じりけのない視線が、正面から絡み合う。

この眼差しだけで、その言葉だけで、今は十分――幸せだ。

「……ですが」

ヒースは、リーシャに静かに歩み寄ると、その人差し指を、そっとリーシャの唇に当てた。唇に、指の感触がくっきりと刻まれる。

「!?」

「それは、俺とリーシャだけの秘密ですよ?」

(いっ……今、名前……!?)

見上げると、ヒースの口元には珍しく笑みが浮かんでいた。

ヒースの指が、ふっと離れる。けれど、一度つけられた感触は、残ったままだ。

ふたりだけの、秘密なんて。

(やっぱり、ヒースはずるいわっ……)

リーシャは、顔を耳まで真っ赤にしながら、こくこくと頷いた。

了

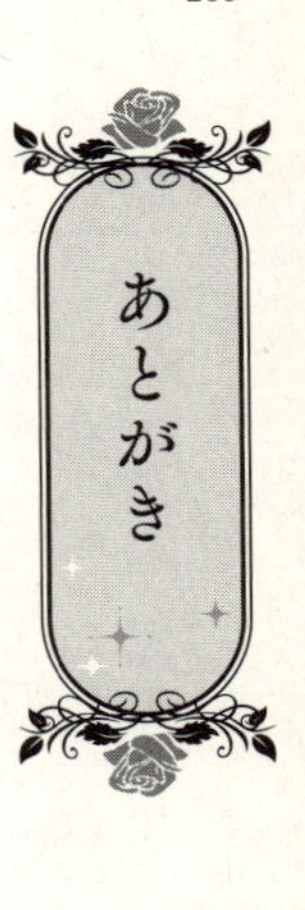

あとがき

はじめまして。または、こんにちは。松村亜紀です。

このたびは、『完璧令嬢の優雅な破談』をお手に取っていただき、ありがとうございます。

今作は、不器用な恋を抱えた完璧令嬢が、裏では溺愛なナチュラルストーカー冷徹執事と、婚約を破談にしながら愛を深める「破談ラブコメ」です。

はい。最終的には婚約者とくっつくんだろうと思った方、申し訳ありません。

変態ですがヒーローは執事です。あくまで執事です。

超ド級確変が起きないかぎり、ヒーローは執事です！（大事なことなので三回言った）

やっぱり婚約相手とくっつくのが定番かなあ……。

と思いつつ、二人で協力しあいながら絆も深めてほしい！　という気持ちが炸裂して、ヒーローは執事になりました（四回目）。

婚約者の横やりにドキドキしつつ、二人のわかりあえそうでわかりあえない恋愛にじれじれしつつ、クッションとかテーブルをバシバシ叩いていただけると幸いです。

ヒロインのリーシャロッテは、完璧を目指すあまり一周回ってぽんこつになってしまったかんじの女の子です。幼なじみのヒースのことが素直に好きで、彼女なりに一生懸命に、自分の恋へ邁進していきます。

最初は、もっと優雅にしゃなりしゃなりと破談にしていくはずでしたが、書けば書くほどリーシャのまじめさが暴走して、ドタバタした結果になりました。

そして、執事という名の隠れストーカー、ヒース。

拾われた立場やら、執事の職務やら、自分の想いやら、いろんなものを押し込めた結果、かなりひねた面も持って育ってしまった青年です。

彼がリーシャの動向をチェックしているのは、もはや習性に近いかもしれません。

今までで一番控えめな青年にしようとした結果、ときどき不意打ち的に甘い言葉と悪態を囁くキャラになりました。

メイン二人以外で外せないのが、婚約者のオラルド。ヒースとは全くタイプの違う、気さくで親しみやすい貴族の次男坊です。

やっぱり二人の男でヒロインを取り合うのならば！　と、一生懸命いい男になってもらいました。彼の明るさといじましさは、素敵だなと思います。

他にも、ブルーノやライカ、フィリップなど、サブキャラクターもとっても楽しく書かせていただきました。個人的には、一番の曲者はブルーノなのでは？　と思います。誰か一人でも、読者の皆様の心に残れば幸いです。もし気に入ったキャラクターがいましたら、ぜひアンケートやお手紙で教えてくださいね。泣いて喜びます。

最後になりましたが、謝辞を。

イラストを担当してくださった、椎名咲月先生。うっとりするほど美麗なイラストに胸を撃ち抜かれました。原稿中にキャララフをいただいて、「えっ、ヒースこんなに格好良かったの⁉　書き直さなきゃ‼」とイケメン度を盛りなおしました。

〆切ぎりぎりまで、丁寧につっこんでくださった担当編集様。このお話を今の形で完成させられたのは、担当様のおかげです。打ち合わせでお聞きする天使のような優しい声と、快刀乱麻を断つような適切で明解なコメントに打ち震えております。

また、校正様、デザイナー様、印刷所様、製作・営業様、書店様など、この本を作りあげるのに携わってくださった全ての皆様。

そして、誰よりもこの本を手に取ってくださった読者の皆様に、深くお礼申し上げます。

本当にありがとうございました。

それでは、またどこかでお会いできることを願って。

松村　亜紀

番外編　令嬢の執事は忙しい

家の主人を起こすのは、執事の朝一番の仕事だ。

臙脂色の絨毯が敷き詰められた廊下を、台を軽く押しながらヒースは一歩ずつ進む。廊下の一番右奥にある部屋、そのドアノブを押した。

重厚なカーテンが下ろされた部屋には、隙間から漏れる朝日が切れ切れの明かりを落としている。

ベッドの脇に台を停めて、窓辺に近づくとカーテンを勢いよく引く。数人は優に横になれる広いベッドの真ん中で、こんもりと膨らんだ毛布の山が、のそりと小さく動いた。

「おはようございます、リーシャロッテお嬢様」

「……おはよう。もう朝……？」

毛布の山が一際高くなったかと思うと、目をこすりながら少女が顔を出す。

カーテンを次々と開けるヒースから見えるのは、その後ろ姿だ。

朝日を浴びて、目に眩しいほど輝きを増している絹糸のような金の髪。はらりと落ちた毛布から覗く、透け感のあるシフォンの寝巻。寝乱れたせいで肩口の柔肌がよく見える。

こんな無防備で、俺が忍んできた不逞の輩だったらどうするつもりなんだ。

ヒースは、急いで視線を窓へ逸らすと、ガラスに映った自分の顔を睨んだ。

「今日は、午前は語学とダンスの家庭教師の授業。午後は、夜の晩餐会の準備をなさる予定でしたね？」

「ええ……ライカにしては、よく覚えているわね……」

どうすれば、ライカと男の声を間違えるのだろう。よほど、眠りが深かったに違いない。

「えらく寝不足でいらっしゃるんですね」

「そうなの。今日のために、昨夜あれを読み返していて……」

「あれ、とは？」

「それはもちろん、あの人の――」

リーシャが、ごしごしとエメラルド色の瞳を擦りながら、窓際を振り返る。カーテンを留め終えたヒースの姿を認めた瞬間――文字通り、絶叫した。

「ひっ……ヒース!?」

柔らかな頬が、すっかり赤く染まっている。リーシャは、ばたばたと落ち着きなく毛布を体にかけ直すと、あっという間に毛布に包まれた塊に戻った。

「なっ、なん、なんでヒースが!?」

「ブルーノ様が、お嬢様も起こしてさしあげるようにとおっしゃったものですから。今のところ、私はお嬢様付きになっておりますので」

「てっきり、ライカだと思ったのに……」

顔の下半分を、リーシャが毛布の山に沈める。きっと、あの山の中で口をぱくぱくと動かしているに違いない。

リーシャは、ヒースから渡されたショールを肩にかけながら、ようやく毛布から上半身を出す。ヒースは、ベッドサイドで紅茶の準備をすると、リーシャに恭しく差し出した。

「それで、昨夜はどうして遅くなったんです？」

「ええと、それは……」

「何かを読み返していたとおっしゃっていましたが」

「それは、その、以前いただいたお手紙とか」

「一体どなたのですか？」

そんなに長くやり取りを必要とするような手紙が、来ていた覚えはない。

淡々とした調子で返すと、リーシャはカップをじりじりと回しながら視線を泳がせる。よく磨かれた白磁のカップの中で、澄んだ赤色の紅茶が揺れた。

素直に言わないのなら、しょうがない。

ヒースは、顔をしかめながらぐっと一歩、ベッド脇に近づいた。

リーシャが、なぜか小さく体を震わせる。うっかり落としかけたカップを支えながら、逃げられないように手を掴んだ。

「お嬢様、まさか何か――」

「げっ、ヒースさん！　何やってんですか！」

問い詰めようとリーシャと目を合わせた瞬間、背後から耳をつんざく声が響く。

リーヴェン公爵家の品格にあまり相応しくない、砕けた口調。若々しい甲高い声。

ライカが、入り口のドアを開け放ってヒースを真っすぐに指さしていた。

「……ブルーノ様の仰せで、お嬢様を起こしに来ただけだが」

「だったら、お嬢様はもう起きたんですから、さっさといつもの仕事に戻った方がいいんじゃないですか？」

メイドキャップをぐいぐいと整えながら、ライカは部屋に入ってくると、ヒースをリーシャから引き剝がして背をどんと押した。

「ヒースさんは、ただでさえ忙しいんですから。さっさといつもの業務に戻ってください！」

「私は、お嬢様にまだ確認したいことが」

「そのお嬢様は今から着替えるんですけど、その間もいるつもりなんですか？」

執事の方が立場的には上であるにもかかわらず、じろり、と煙たげに睨まれる。

ライカの奥に目を向けると、リーシャもほっと肩を落としながら、調子を合わせて、ぽんと手を叩いた。

「ほら、着替えが遅れたら一日の予定に響くもの。お父様のお見送りにも遅くなってしまうし。ね？」

「……そうですね。それでは、失礼いたします」

絶対に、何かある。

ヒースは、リーシャに頭を下げながら、見えないところで眉間に皺を寄せた。

絶対に、何かあるとは思うのだが。

ヒースは内心で独りごちながら、贈答品用の店を出る。昨日の夜、ブルーノから受け取りを頼まれていたものだ。

王都プラメリアの中心地だけあって、辺りは往来の賑やかな声に包まれている。

細々とした雑務を終え、昼過ぎに屋敷を出てからもうだいぶ経っている。少しずつ傾いていく日を見上げて、ヒースは濡れ羽色の瞳を細めた。

あとは、屋敷へ戻って主人の出迎えと、晩餐会への外出の準備を――。

「ヒースさん、荷物積み終わりました」

ボーイの声に振り返ると、ため息をつきながら、馬車に足をかける。視界の端、道の向こうに見えた馬車に、押し込めかけた上体を外へ出した。

艶やかに磨かれた黒に薔薇の紋章の車体が、隅に止められている。

リーヴェン家の馬車だ。

なぜここに？　ブルーノは今頃、宮殿で執務中のはずだ。

リーヴェン家の馬車を自由に使える人間は、彼と自分を除いてあと一人しかいない。

「……リーシャロッテお嬢様？」

呟きが届いたかのように、裏道に隠れるように止まった馬車から、紺色のドレスを着た少女が降り立つところだった。

珍しく、愛らしいというより、大人びた雰囲気を纏っている。朝はふわりと広げていた金色の髪は頭の上に纏められ、いつもより濃く紅を引いた唇が蠱惑的に輝いた。

普通の知り合いであれば、一見しただけではわからないだろう。

けれど、衣装を変えていても見間違えるはずはない。

——リーシャロッテだ。

その服装にひっそりと眉根を寄せる。

午前中、語学の家庭教師を案内していった時は、桃色のドレスを着ていたはずだが。

乗り込んでこないヒースを不思議に思ったボーイが、馬車から顔を出した。

「ヒースさん？　どうかしました？」

「……少し待っていろ」

裏道へと消えたリーシャを目で追いながら、ヒースはコートの下で黒い執事服を揺らした。

一緒に馬車を降りたライカとすぐに別れて、リーシャは裏道を進んでいく。ヒースは、迷わずリーシャの後ろにつけた。

どうせ大したことではないだろうが――リーシャが、知らぬ間に何かに巻き込まれていないとは言いきれない。

そう自分を納得させながら、リーシャの背を見つめた。

日傘を目深に差しているから、その表情はうかがい知れない。腰の後ろに付いているリボンが、彼女が歩くたびに左右へ軽やかに振れた。

と、突然リーシャは足を止める。日傘の中から辺りを何度も何度も見回し始めたので、ヒースはとっさに建物の陰に隠れた。

そんなに見られたくないことなのだろうか。

少し間を開けて身を乗り出すと、ちょうどリーシャが近くにあった店のドアを押し開けて、中へと笑顔で入っていくところだった。艶めかしさのある服装とは裏腹に、弾むような声が道にこだました。

「こんにちは。また来てしまいました」

「いらっしゃい。お嬢さん、久しぶりだねえ。また、いいのが入ってるよ。連絡した通りお嬢さんが好きな、あの人のやつがまた入ってたな」

「まあ！」

見つからないよう警戒しながら、道の陰から身を躍らせる。リーシャが入った店の手前まで来ると、ヒースは怪訝な顔で看板を見上げた。

『古本屋』……？

店先のガラスから、ちらりと中を覗き込む。壁に作りつけられた本棚に、リーシャが頬を赤く染めながら手を伸ばしていた。

なめらかな指で一冊を棚から抜き出すと、食い入るように顔を近づけている。

ヒースは、凝った文字装飾で読みにくい表紙を何とか解読する。

タイトルは、『ときめきはすべてを超えて9』。

もしかして、恋愛小説の古本を探しに？　今朝言っていた「あの人」というのは、作家のことだったのか。

……本当に、大したことじゃなかったな。

「くっ」

ヒースは額に手を当てながら、数歩後ろへ下がる。ついおかしくなって、珍しく口から笑い声が漏れた。

ライカにはどうせ別の本を買いに走らせているに違いない。

ヒースに見られているとは知らず、リーシャは棚からあれこれと本を引っ張り出しては物色していく。

ぱっと華やいだ笑顔を浮かべたり、悲しそうに眉を下げたりと、いつも人目を気にして喜怒哀楽を抑えているリーシャにしては、くるくると表情が変わっていく。

結局、一際愛らしい背表紙のものをいくつか見繕って、奥に座っている店主へと浮足立ちながら近づいていく。

変装しているせいか、気が緩んでいるのかもしれない。余所行きのものではない、朗らかで屈託のない笑顔が眩しくて──愛らしい。

穏やかに微笑むリーシャを見ていると、自然と自分の口元にも笑みが浮かんでいた。

「……まあ、この顔が見られたならよしとするか」

リーシャが、買った本を抱きながら店の入り口へと向きを変えたところで、ヒースは背を向けて先ほどの裏道へと入り込んだ。

これ以上、見守る必要もないだろう。

まだ仕事は残っている。早く、馬車に戻って屋敷へ──。

「手を放してください。あなたにお付き合いする理由はありません」

遠ざかろうとした背に、不安の滲んだ声が響いた。

道の陰から、さっと顔を覗かせる。

リーシャがさっきの店の前に、派手な風袋の男と佇んでいる。彼女の表情から、つい今しがた浮かんでいた穏やかな微笑みはすっかり消え失せていた。

リーシャが、胸の高さに掲げた腕を引く。けれど、その腕は男に掴まれたまま、びくりともしなかった。

どこのどいつだ。そう思って男の顔をねめつけたけれど、見覚えはなかった。うちとは付き合いのない下級貴族の三男坊とか、そのあたりだろう。

男は、リーシャを遊び慣れている女だとでも思ったのか、息がかかるほど顔を近づけた。

「別にいいだろう。ちょっとそこまで付き合ってもらうだけだって」

「なぜ、わたくしがそのようなことを？」

「おいおい。美人だからって、そんなにお高くとまんなよ」

きっと、リーシャの正体が副宰相ブルーノの一人娘、公爵令嬢リーシャロッテだと知れば、男は顔面蒼白になって腰を抜かすだろう。

けれど、リーシャがここに変装をしてきている以上、それを公にするわけにもいかない。

どうするか。

リーシャの背後から、足早に距離を詰める。段々と、二人の声が明瞭に聞こえてきて、さらに速度を上げた。

裏道へ引きずり込もうとする男の手が、リーシャの腕にさらに強く力をかけたのを見て、眦を上げた。

「ですから、わたくしはっ！」

「優しくしてやるから、こっちに来い！」

「いやですっ、放し――」

身を捩るリーシャに後ろから腕を伸ばす。包み込むように抱きかかえると、男の腕を微塵の容赦もなく摑んだ。

「俺の女に、何か？」

発した声が、触れ合った胸と背を通してリーシャに響いた瞬間、腕の中の体が硬直したのがわかった。反射的に、彼女の体をさらに強く抱きしめる。

「あっ……」

「ちぃっ！」

腕を摑まれた男は、一瞬痛みに歯を食いしばって耐えたものの、湧き上がった怒りを込めて射貫くように睨むと、すぐにリーシャの手を放り出した。

「ってえ！　なんだ、男連れかよ！」

よほど痛かったのか、みっともない捨て台詞を吐きながら、男が走り去っていく。その足音が道の向こうへ完全に消えてしまうまで待ってから、ヒースはふうと息を吐いた。

面が割れなかったようでよかった。あの程度の頭なら、多分こちらの顔も覚えていないだろう。

わずかに屈んで抱きすくめていた体から、そろりと身を離すと、リーシャが携えていた扇を開きながら、ゆっくりと振り返る。

後ろから覆い被さってきた男の正体は声でわかっていただろうに、ヒースの顔を見た瞬間に、円らな瞳をさらに大きく見開いた。

「ひっ、ヒース……！」

「リーシャロッテお嬢様、大丈夫でしたか？」

「わたくしは大丈夫だけれど、その、さっきの言葉は」

どういうつもり、と声に出さずにリーシャが唇を動かす。

不快に思わせてしまったのかもしれない。ヒースは、頭を下げた。

「失礼いたしました。お嬢様が、あまりお立場を明かしたくないだろうと思ったものですから」

「……そ、そうね」

リーシャは、小さく呟きながら扇の陰でそっぽを向いた。

「ヒースのおかげで、助かったわ……ありがとう」

態度に反して、リーシャの声音は柔らかく、怒気はない。心底嫌がられたわけではないとわかって、内心でほっと胸を撫で下ろした。

不躾にならない程度に、リーシャの様子をうかがう。扇から覗いた瞳は、先ほど本を読んでいたときと同じように、淡く揺らめいて見えた。

それに――。

「お顔が、赤いようですが」

「それは！　その……ヒースが突然現れると、思っていなかったから」

驚いたの、とリーシャはぽつりと言葉を続ける。扇の向こうで、さらに視線を逸らした。

「……って、そういえば」

「どうかなさいましたか？　お嬢様」

リーシャは、ひっと顔を引きつらせながら、抱えていた本を後ろへと回す。体をヒースに向けたまま、視線だけは頼りなく道の脇へ泳がせた。

「ええと、先に言っておかなくてごめんなさい。今日は、どうしても気分転換がしたくて出かけてきたの」

「ああ、そうだったのですね。お嬢様は今頃お屋敷におられるはずでしたので、私も驚きました」

「その……いつから、見ていたの……？」

リーシャが息を呑みながら、引き結んだ唇を、きゅっと噛む。

ヒースは、探るようなリーシャの瞳を見下ろしながら、ふっと息を吐いた。

「今ちょうど、お嬢様を見つけたところですよ」

「そ、そう」

ヒースの返事に、リーシャは扇を口元に当てる。詰めていた息を解放する、小さな吐息が聞こえた。

今日は、特別に追及しないでおこう。

リーシャの、心からの表情が見られたから。

「……ただ、あまり心配をかけないでくださいね」

俺の心がもちませんから。

■ご意見、ご感想をお寄せください。
《ファンレターの宛先》
〒102-8078 東京都千代田区富士見1-8-19
株式会社KADOKAWA ビーズログ文庫編集部
松村亜紀 先生・椎名咲月 先生

■本書の内容・不良交換についてのお問い合わせ。
エンターブレイン カスタマーサポート
電　話：0570-060-555
（土日祝日を除く 12:00～17:00）
メール：support@ml.enterbrain.co.jp
（書籍名をご明記ください）

◆アンケートはこちら◆

https://ebssl.jp/bslog/bunko/enq/

ま-2-02

完璧令嬢の優雅な破談

松村亜紀

2018年 2月15日 初刷発行

発行者　三坂泰二
発行　株式会社 KADOKAWA
〒102-8177 東京都千代田区富士見 2-13-3
（ナビダイヤル）0570-060-555
デザイン　Catany design
印刷所　凸版印刷株式会社

ISBN978-4-04-734974-2 C0193

定価はカバーに表示してあります。

没落令嬢の異国結婚録

“理想の夫婦”を目指す
異文化結婚ラブコメ!!

江本(えもと)マシメサ　イラスト／まち

没落寸前の伯爵家令嬢・レイファは借金返済のため、超お金持ちの華族に買われて遙か遠くの大華輪国へ嫁ぐことに！　夫は見目麗しくも病弱な当主シン・ユー。新妻として、得意の料理で彼を心身共に癒やそうとするけど？